身代わり伯爵と伝説の勇者

清家未森

JN282802

15689

角川ビーンズ文庫

身代わり伯爵と伝説の勇者

CONTENTS

身代わり伯爵と運命の鏡 7
身代わり伯爵と伝説の勇者 53
身代わり伯爵と秘密のデート 99
身代わり伯爵と薔薇園の迷い子 145
あとがき 219

ジャック
シアラン騎士団第五師団長。
イゼルス
シアラン騎士団第五師団副長。
テオバルト
ミレーユに心酔し「アニキ」と呼ぶ。
ロジオン
シアラン騎士団第五師団隊士。
アレックス
シアラン騎士団の書記官。女顔同盟結成の仲間。
ミレーユ
元気で貧乳で家族想いの少女。特技の男装を活かし(!?)、現在はシアラン騎士団に隊士として潜入中。
舎弟たち
テオの用心棒たち。ミレーユを慕う。

身代わり伯爵と伝説の勇者 CHARACTERS

ヴィルフリート
アルテマリスの第二王子。
アンジェリカ
フレッドの部下。
フレッド
ミレーユの双子の兄。
リヒャルト
ミレーユの双子の兄・フレッドの親友&副官。苦労性の好青年だが、ミレーユが絡むと激しい一面も。
エルミアーナ
大公の妹。夢見がち。
ヒース
シアランの神官&怪盗。

本文イラスト／ねぎしきょうこ

身代わり伯爵と
運命の鏡

わたくしは魔法《まほう》にかかってしまった。

だから、伯爵《はくしゃく》の前では何も言うことができないの。

陸にあがった人魚姫《ひめ》は、王子様の前では何も言えなくなってしまうのだから。

優《やさ》しくとろけそうな笑顔《えがお》は、まるで甘い砂糖菓子《さとうがし》のよう。虫歯になってもかまわないから、永遠に見つめていたいわ。

涼《すず》しげで凛《りん》とした声を聞けば、世界中の歌姫たちが絶望のあまり廃業《はいぎょう》してしまうわね。つかまえて鳥かごに入れたら、わたくしのためだけに毎日ささやいてくれるかしら。

まぶしい金色の髪《かみ》の輝《かがや》きには、きっと太陽神も恐《おそ》れをなしてひれ伏《ふ》すはずよ。伯爵よりまぶしい存在など、この世にはいないのですもの。

きよらかな青灰の瞳《ひとみ》は、なにものにも代えがたい至高の宝石。不老不死になれるという竜《りゅう》の目玉を全部かき集めても、その値打ちにはかなわないでしょう。あの瞳に見つめられたら、千年は寿命《じゅみょう》が延びること間違《まちが》いなしね。

ああ、どうしてなの。

神様は意地悪だわ。恋心《こいごころ》と引き替《か》えに、わたくしを無口な人魚姫にしてしまうなんて……。

けれど、いいの。

人魚姫は、王子様の笑顔を陰《かげ》から見ているだけで、幸せなのだから――。


夏も間近の、とある昼下がり。

白い石造りの四阿《あずまや》では、王太子の婚約《こんやく》者であるリディエンヌ主催《しゅさい》の茶会が開かれていた。

「――運命の鏡《かがみ》？」

初めて耳にする話題に興味をひかれ、ミレーユは思わず繰《く》り返した。視線を受けたリディエンヌは微笑《ほほえ》み、ゆったりと続ける。

「今朝がた侍女《じじょ》たちが話していましたの。ルーディさまが先ごろ国外から持ち込まれたもので、真夜中にその鏡をのぞくと、運命の恋人の姿が映るのですって」

「へぇ……」

自称魔女《じしょうまじょ》のルーディは、各地を飛び回って珍品奇品《ちんぴんきひん》を手に入れては王宮に売りつけにくるという。今回もその類《たぐい》だろうか。

「本当に映るんですか？」

「わたくしは試《ため》していませんから、なんとも言えませんけれど。ミレ……いえ、伯爵、一度のぞいてみてはいかが？」

「え⁉」

なぜかミレーユより早く反応したのはセシリア王女だ。彼女は視線が自分に集中したのに気づくと、頰《ほお》を赤らめて言い訳がましく声をはりあげた。

「そっ、そんなのいけませんわ、お義姉《ねえ》さま。伯爵がそんなものをのぞいたら、きっと鏡が壊《こわ》れてしまいますわ。稀《まれ》に見る節操なしですもの！」

ぎろっ、と凄《すさ》まじい目つきで真向かいからにらまれて、お茶を飲んでいたミレーユはむせかえった。見た目はかわいらしいお姫様なのだが、その眼差《まなざ》しは下手《へた》をすれば人一人くらいは射殺せそうな迫力《はくりょく》がある。兄はよほど王女の心証を損《そこ》ねているようだ。

「大丈夫《だいじょうぶ》ですか？　どうぞこれを」

ひんやりした声とともにハンカチが差し出される。顔をあげると、隣《となり》に座るシルフレイアがこちらを見つめていた。

「火傷《やけど》などなさいませんでしたか。少しぬるめにして淹《い》れ直しましょう」

「あ……、ありがとうございます」

「ではわたくしはお菓子をお取りしますわ。どれがよろしいですか？」

「はあ……ありがとうございます……」

張り合うかのようにリディエンヌまでもが世話を焼きはじめ、ミレーユはややひきつりながら礼をのべた。

――茶会の出席者は、全部で四人。

リディエンヌとセシリア、そして隣国の女公爵《こうしゃく》シルフレイアと、王女の近衛《このえ》騎士《きし》団長ベルンハルト伯爵フレデリックに扮《ふん》した、その妹のミレーユである。

もちろん趣味《しゅみ》で男装しているわけではない。きっかけとしては、王太子妃をめぐる陰謀《いんぼう》が起きたおり、姿を消した兄の代わりに伯爵を演じなければならなくなったのがそもそもの始まりだ。その一件以来リディエンヌとは親しくしてもらっているのだが、風来坊《ふうらいぼう》な兄フレッドがまたも姿を消したため身代わりを務めねばならず、今日の『乙女《おとめ》お茶会』にも男装して出席することになってしまった。

その事実を知らないのは、今日の出席者の中ではセシリアだけである。

きっと彼女の目には、女たらしの伯爵が両手に花でウハウハ喜んでいるように見えるのだろう。茶会が始まってからというもの、両側に陣取《じんど》ったこの美しい貴婦人たちのおかげで、ミレーユは王女の殺人光線にさらされ続けている。

「……そうですね、おもしろそうですけど、わたしは遠慮《えんりょ》しておきます」

借りたハンカチで口元をふきつつ、ミレーユはやんわりと話を戻《もど》した。

気にならないわけではないのだが、いかんせん真夜中に確かめなければいけないという制約がひっかかる。以前肝試《きもだめ》しをした時はひどい目に遭《あ》った。もうあんな真似《まね》は二度と御免《ごめん》だ。

「まあ、残念ですわ」

「リディエンヌさまこそ、お試しになったらいいのに」

「わたくしはだめなのです。もうすでに殿下《でんか》という運命の人にめぐりあっていますし、それに殿下から、絶対に試さないでくれとお願いされていますし」

「はあ……」

リディエンヌの夫として何か自信がないのだろうかと王太子に思いを馳《は》せつつ、ミレーユは隣を見た。

「じゃ、シルフレイアさまは？」

「わたしも結構です。ろくな代物《しろもの》でないのは目に見えていますから」

無表情に彼女は言い切った。その断言ぶりからして、過去に魔女の珍品のせいで嫌《いや》な目にでもあったのかもしれない。

「じゃあ、セシ――」

「わたくしが行くわけがないでしょう⁉」

顔を向けた途端《とたん》、セシリアはぎくっとした様子で叫《さけ》んだ。そんなに全力で否定されるとは思ってもみなかったミレーユは目を丸くする。

「ばかばかしい。そんな子供だましに、わたくしが貴重な時間を割《さ》くと思うの？　第一、わたくしは運命の人だなんて信じていないし、これっぽっちも興味などないわ。みくびらないでちょうだい！」

つんけんした口調でまくしたてると、彼女はミレーユに向けて力強く宣言した。

「ぜったいに、行かないんだから！」

その夜。

しきりに止めようとする侍女を叱《しか》りつけ、宿直の騎士たちの目をかすめて白百合《しらゆり》の宮を抜《ぬ》け出し、途中《とちゅう》黒猫《くろねこ》の集団に遭遇《そうぐう》して肝を冷やしたりしながら、セシリアはようやく王城の東にある白鳳《はくほう》館と呼ばれる魔女の宝物庫に辿り着いた。

眠《ねむ》りに沈《しず》む王宮の静寂《せいじゃく》の中、侍女に見張りを命じて用心深くあたりを見回す。

誰《だれ》にも見られてはならない。速《すみ》やかに鏡を確認《かくにん》し、何事もなかったように立ち去らねば――。

（べ、別に、見られたところでやましいことは何もないけれど。わたくしはただ、一般《いっぱん》教養として鏡の噂《うわさ》を確かめにきただけだもの。運命の相手なんて、ぜんぜん興味なんかないんだから）

誰ともなしに内心で言い訳しながら、それでも好奇心《こうきしん》と期待を捨てきれずに、セシリアはそっと扉《とびら》を押し開いた。

中へ入ると、目当てのものはすぐに見つかった。奥の壁《かべ》に無造作にとりつけてある鏡。高さは腰《こし》のあたりほどまでしかなく、意匠《いしょう》もごくありふれたものだ。

不思議なことに何も映《うつ》っていない。だが今のセシリアには、自分の姿すら映らないそれを不《ふ》審《しん》に思う余裕《よゆう》はなかった。

「…………」

しばらく待ってみたが、どんなに目をこらしても、鏡面は暗く夜の闇《やみ》に沈んだままだ。

心に思い描《えが》いていた人物が現れず、セシリアはひそかに落胆《らくたん》した。そして大いに気負っていた分、その落胆は瞬《また》く間に八つ当たり的な怒《いか》りへと発展した。

「わたくしには初めからわかっていてよ。そんな都合の良い代物《しろもの》がこの世に存在するわけがないとね！　そもそもわたくしがこんな夜中にわざわざこんなところまで来なくてはならないのも、すべて伯爵《はくしゃく》のせいなんだから。わたくしの前で女の人に囲まれて、デレデレと鼻の下を伸《の》ばしているから――」

憤然《ふんぜん》と鏡に向かってまくしたてていたセシリアは、ふと眉根《まゆね》をよせた。

――鏡の中に誰かがいる。

錯覚《さっかく》ではない。夜の水面に映る月のような、金色のきらめきが闇に浮かんでいる。

セシリアは息を呑《の》んで彼を見つめた。どこからともなく現れて、こちらに横顔を向けて佇《たたず》んでいる金髪《きんぱつ》の若者。いつになく憂《うれ》いの表情でいるのは、間違《まちが》いなくベルンハルト伯爵だ。

「う……うそだわ。こんなこと、ありえるはずがないもの。きっと寝《ね》ぼけているんだわ。もう夜も遅《おそ》いから……」

うわずった声でひとりごちると、その声が聞こえたかのように鏡の中の彼がこちらを見た。そして軽く目を見開いた。

「殿下？　こんなところで何を……」

セシリアはぎょっとした。聞きなれた声、まぎれもなく伯爵のものだ。

彼女は狼狽《ろうばい》した。こういう場合、赤くなってもいいのか、それとも青くなるのが正しい反応なのか。

「い、いいえ、これは夢よ。もしくは鏡の故障だわ。伯爵が好きなのは、お義姉さまやシルフレイアさまのような方だもの。赤毛でくせ毛で、三つも年下のわたくしなんて、伯爵の趣味じゃないもの」

雪の妖精《ようせい》と評される白金色の髪《かみ》を持つリディエンヌと、長い黒髪に神秘的な緑色の瞳をしたシルフレイア。どちらもとびきり美しく、伯爵好みな年上の女性だ。彼の好みにかすりもしない自分は最初から相手にされていないのだ。

懸命《けんめい》に自分に言い聞かせるセシリアを、伯爵は不思議そうに見つめている。だが声が聞こえていないと思ったのか、すっと手をさしのべた。

「殿下も月の女神《めがみ》の宴へ行かれるのですか？　そうでもなければ、こんな夜中にお一人でお散歩などされませんよね。まったく、困ったお姫様だ。そこで待っていてください。悪い男に攫《さら》われる前に、ぼくがお傍《そば》にまいりますから」

途端、セシリアは我に返った。近づいてくる鏡の中の彼を見て思わず悲鳴をあげる。

「こないで！　これは夢よ、わたくしは夢を見ているだけなんだからっ！」

「あ……、殿下！」

呼び止める声を振り切って、セシリアは一目散に白鳳館から逃《に》げ出した。

「——セシリアさまが寝込んでる？」

翌朝。サロンへやってきたミレーユは、ひそひそと何やら話し合っていた筋肉質の男たちから報告を受け、眉根を寄せた。

朝っぱらから腹筋大会でも催《もよお》していたのか、サロンには微妙《びみょう》に汗《あせ》ばんだ空気がたちこめている。ただでさえ暑いというのに、騎士たちは毎日筋肉を動かさないと落ち着かないらしく、無《む》駄《だ》に暑苦しい遊びをやめようとはしない。

「侍医《じい》は何と？」

リヒャルトが表情を硬《かた》くして同僚《どうりょう》たちを見た。むさ苦しい騎士たちの中にあってただ一人朝の空気にふさわしい爽《さわ》やかさを保っている彼は、フレッドの親友にして副官、そしてミレーユの護衛役でもある。一緒《いっしょ》に登城してきたばかりなので事情を知らないようだ。

「それが、病気じゃないから医者は呼ぶなって本人が言ってるらしい。熱とか痛みとかもないみたいなんだが……、うわごとのようにお嬢《じょう》のことをつぶやいてるらしいんだ」

思ってもみなかった返事に、ミレーユは目を瞠《みは》った。

「あたしのこと？　何で？」

「ま、正確にはフレッドのことだけどな。あいつ最近殿下の前に顔出してないだろ。だからたぶんお嬢との間で何かあったんじゃねえかって話してたんだ」

ミレーユはさらに驚《おどろ》いた。確かに、ここ最近王女と接している『ベルンハルト伯爵』は兄ではなく自分のほうである。ようやく傷心旅行から帰国した兄だが、ふらつき病が再発したのか、どこかへ出かけていったきり家に戻ってこないのだ。

しばし考えこんだミレーユは、やがて思い切ったように顔をあげた。

「とにかく、今からセシリアさまのお見舞《みま》いに行ってみるわ。それで事情をうかがってみる」


王女の住まう白百合の宮。

颯爽《さっそう》と飛び込んできた侍女のローズが、はずんだ声で寝台《しんだい》に駆《か》け寄った。

「姫様、今朝発行の『白薔薇《しろばら》通信』号外を手に入れてまいりましたわ！」

気遣《きづか》う侍女たちを無視して寝具《しんぐ》に潜《もぐ》り込んでいたセシリアは、その言葉にさっと顔を赤らめた。

伯爵の私的親衛隊第一号を名乗る『白薔薇乙女の会』の会報。いつも楽しみにしているのだが、いま彼に関係のある単語を聞くのは危険だ。たちまち動悸《どうき》が激しくなる。

「特集は『美を求めてさすらう・謎《なぞ》の新星登場』ですって。フレデリック様を讃《たた》える詩を送りつけてきたそうですわ。読み上げてみますわね」

うきうきと報告したローズは、頼《たの》みもしないのに勝手に読み始めた。

『彼はとても罪深い。なぜなら彼はとても美しいからだ。彼は知っていた。自分が悪い魔法《まほう》使《つか》いだということを。二度と解けることのない甘やかな魔法を、乙女たちにかけてしまったことを』」

「…………」

「『乙女は言った。あなたの笑顔《えがお》はお砂糖のように甘い。見ているだけで虫歯になってしまいそう。あなたのお声はどんな歌姫にも勝《まさ》る音楽。鳥かごに入れて、わたくしのためだけに愛をささやいてほしい。あなたの瞳は至高の宝石。東に棲《す》む竜の目玉は不老不死の霊薬《れいやく》というけれど、あなたの清い瞳にはかなわない──』」

セシリアは飛び起きた。うっとりと朗読していたローズから白薔薇通信をひったくって目を走らせる。

さっきから覚えのありすぎる文言ばかり耳に入ってくるのは、気のせいではなかった。彼女は狼狽《ろうばい》して周囲を見回した。

(──ないわ)

四六時中肌身《はだみ》離《はな》さず持ち歩き、毎日かかさずつけていた日記帳が、どこにも見当たらない。

セシリアは真っ青になった。あらゆる不吉《ふきつ》な可能性が頭の中をかけめぐり、一つの恐《おそ》ろしい結論に辿り着く。

どこかに落としてしまったのだ。そして誰《だれ》かに拾われて──白薔薇乙女に売られた。

でなければ、日記とほぼ同じ内容がこんなところに載《の》るわけがない。

(誰《だれ》……いったい誰が拾ったの……!?)

隅《すみ》から隅まで中身を読めば、日記の持ち主が誰であるのかはおそらくすぐにわかってしまうだろう。非常にまずい。

いや、百歩ゆずって、手元に戻《もど》るのなら中身を見られてもよしとしよう。拾い主は金で口封《くちふう》じすれば済むことだ。最悪なのは、日記の最初から現在までおそらく出ずっぱりであろう名前の主がそれを拾ってしまうことである。

きっと彼は嬉々《きき》としてからかってくるに違《ちが》いない。殿下、おもしろいものを拾ったのでみんなにも読んでもらうことにしましたよ、と——。


「——姫様!?」

妄想《もうそう》世界の伯爵《はくしゃく》のあまりの鬼畜《きちく》さに、セシリアはくらりと卒倒《そっとう》しかけた。侍女たちに支えられ、息もたえだえに命じる。

「い……今から言う場所へ行って、手がかりを探してきてちょうだい。命より大事なものをなくしてしまって、本当に死にそうなの……」

「まあ、大変!」

侍女たちは色めきたった。気難しい王女に珍《めずら》しく頼《たよ》りにされ、彼女たちは張り切った。

「お任せくださいませ。とりあえず伯爵にお知らせしてまいりますわ」

「な……、お待ちっ!」

止めるのも聞かず、使命感に燃える侍女たちが数人駆け出ていってしまう。

セシリアは慌《あわ》てて着替《きが》えにとりかかった。彼女らがサロンに着く前に何としても止めなければならない。

ようやく身支度《みじたく》を終えて寝室《しんしつ》を出ようとした時、別の侍女が来客を告げにきた。

「姫様ぁ、ベルンハルト伯爵がお見舞いにいらっしゃいました」

「――――」

やけにのんびりしたその声をきいて、ぶっつりと緊張《きんちょう》の糸が切れた。

セシリアはカッと目を見開くと、傍にあった椅子《いす》を手にして扉をぶち開けた。

特大の嵐《あらし》が吹《ふ》き荒《あ》れたあとの部屋で、ミレーユは王女の尋問《じんもん》を受けることになった。

「では、本当に昨夜は白鳳館に行っていないのね？」

とげとげしく問い詰《つ》められ、わけがわからないままぐったりと床《ゆか》に座り込んでうなずく。

「ずっと邸《やしき》にいました……」

「うそをついたら承知《しょうち》しなくてよ」

「本当です。ずっと一緒でしたから」

リヒャルトが出まかせの助け舟《ぶね》を出すと、セシリアは不満げに鼻を鳴らした。

「じゃあ信じてあげてもいいわ」

この待遇《たいぐう》の差は何なのか。兄の信用のなさにミレーユはちょっと泣けてきた。

「しかし、殿下はなぜ白鳳館などに行かれたのです？　あそこはルーディの研究所くらいしかないでしょう」

リヒャルトの訝《いぶか》しげな問いに、セシリアはぎくりとした様子で目をそらした。

「べっ、別に、見たくて見に行ったわけではないわ。ただ知識として、運命の鏡とはどういうものなのか知っておきたかっただけよ」

「確かめに行かれたんですか？」

ミレーユは思わず身を乗り出した。途端《とたん》、セシリアの頬《ほお》がカッと赤くなる。

「違《ちが》うと言っているでしょうっ！」

わめくなり、彼女は手近にあった銅製の置物を投げつけてきた。ぎょっとしてミレーユは目を瞠ったが、ぶつかる寸前、さっと前に出てきた手が乾《かわ》いた音とともにそれを受け止める。

硬直《こうちょく》するミレーユをよそに、リヒャルトは赤くなった掌《てのひら》を気にもせず王女へ視線を向けた。

「それで、その際に落とし物をされたというわけですね」

「……」

「——日頃《ひごろ》持ち歩いておられる白いものが見当たりませんが、お捜しの物とはもしや……」

「だめぇ！」

悲鳴をあげて、セシリアは傍《かたわ》らにあったウサギのぬいぐるみを投げつけた。

「それ以上言わないで！」

難なく受け止めたリヒャルトは、ため息をついてウサギを横に置いた。――投げられた物体の危険度がミレーユの時と差があるのは、日頃の行いの違いだろうか。

セシリアは息を切らして黙《だま》り込んでいる。気の毒なくらい真っ赤な顔だ。よほど大切なものをなくしたのだろう。それもあまり人に知られたくないものらしい。

「あの……、殿下さえよろしければ、捜すのを手伝いたいんですけど……」

おずおずと申し出たミレーユを、セシリアは凄《すさ》まじい目をしてにらんだ。

しばしの沈黙《ちんもく》ののち、王女は尊大な口調で命令をくだした。

「だったら、白薔薇通信に詩を送りつけてきた者を連れてきてちょうだい。そうしたらあなたの潔白を信じてあげるわ」

白薔薇乙女の会報係は、執務《しつむ》室を訪《おとず》れたミレーユに上機嫌《じょうきげん》で号外を差し出した。

「読んでいただけるなんて光栄ですわ、フレデリックさま。これが最新の号外です」

「ありがとう」

ミレーユも笑顔で応じると、受け取ったそれに目を落とした。

一面にわたって詩が綴《つづ》られているが、誉《ほ》めているのかふざけているのかいまいち判断のつかない文章である。もし自分がこんなに回りくどい言い回しの恋文《こいぶみ》をもらったら、ときめく以前に呆然《ぼうぜん》となるだろうが、会報係の乙女たちの反応を見るとかなり好評のようだ。

「今朝がた早く、扉に挟《はさ》んであったのです。これから毎日送るからぜひ載せてもらえないかという手紙をそえて」

「その手紙、見せてもらえる？」

「はい、もちろん」

渡《わた》されたのは透《す》かし模様の入った薄青色《うすあお》の便箋《びんせん》だった。かなり高価で、おそらくは珍しいものだ。しかし——なぜかものすごく見覚えがある。

「筆跡《ひっせき》からして男性かしらと、みんなで話していたのですけれど」

「……………たしかに」

ミレーユはまじまじと手紙を眺《なが》めた。これまたものすごく見覚えのある筆跡だ。間違《まち》いなく、何年も文通してきた兄の字である。

「——わかんないわ。どうして『フレッド』が『フレッドを讃《たた》える詩』を送りつけてくるの？」

礼を言って会報係の執務室を出たミレーユは、難しい顔をして考えこんだ。

隣《となり》を歩いていたリヒャルトが虚《きょ》を衝《つ》かれたように息を呑《の》む。それから納得《なっとく》がいったというようにつぶやいた。

「なるほど、それで……」

「なに？」

「根拠《こんきょ》はわかりませんが、殿下は落とし物を拾ったのがフレッドだと思い込んでおられるのでは――。それで謎《なぞ》の詩人を連れてくれば潔白を信じるとおっしゃったんでしょう」

「セシリアさまの落とし物とフレッドの詩がどうつながるの？」

リヒャルトは困ったように目をそらした。わけがわからず、ミレーユは首をひねる。

（口に出しにくいようなことなの？　あたしに――ていうかフレッドに知られたくないものって何かしら。見られたら困るもの、恥《は》ずかしいもの……。白薔薇通信にフレッドが送りつけてきた詩……）

はた、と足を止める。凄まじい形相で攻撃《こうげき》してきた王女を思い出し、まさかという思いがわきあがった。

「セシリアさまの落とし物って、もしかして詩集とか……？」

「まあ……それに近い感じです」

リヒャルトは曖昧《あいまい》に笑った。秘密ですよ、とつけ加えるのを見てミレーユは青ざめた。

「つまり、セシリアさまがフレッドを想《おも》って書いてらした詩集を、たまたま拾ったフレッドが白薔薇通信に送りつけてきた……ってこと？」

リヒャルトはなんとも言えないような顔で苦笑《くしょう》する。ミレーユはその場面を想像し、自分のことのように目をつりあげた。

「なんて極悪《ごくあく》非道な男なの！　ひそかな純情をふみにじるなんて、乙女の敵だわ！　蹴《け》りの二、三発入れるくらいじゃ気が済《す》まない！」

人として許せない行為《こうい》だ。しかも兄が関係しているとなれば黙ってはいられない。何としてもセシリアの詩集を取り戻《もど》し、一件を解決しなければ。

「ねえ、例の詩人……毎日詩を送るって予告してたけど、会報係の部屋の前で張り込みしてたら出くわすかしら」

「そうですね……。やってみますか」

「つきあってくれるの？」

「もちろん」

リヒャルトは微笑《ほほえ》んでうなずく。躊躇《ためら》いのないその態度に感動し、ミレーユは激怒《げきど》していたことを忘れてしまった。

なんと仕事熱心な人だろう。隊長や副長その他筋肉男たちの日常を知っているだけに、彼の勤勉さがまぶしい。セシリアの信頼《しんらい》も厚いようだし、もう王女の騎士《きし》として給料を出すのは彼だけでいいのではないだろうか。

ひとしきり一人で感心してから、ミレーユはふと思いついて提案した。

「その前に、現場に行ってみない？　何かつかめるかもしれないわ」

薄暗《うすぐら》い部屋で、ミレーユは恐る恐る鏡の中をのぞきこんだ。

「……ふつうの鏡みたいね……」

自分とリヒャルトが並んで映っているだけで、他《ほか》に変わったところは見受けられない。まだ日が高いからかもしれないがそれにしても拍子抜《ひょうしぬ》けだ。

「そうよね……。そんな摩訶不思議《まかふしぎ》な鏡があるわけないか」

「気になってたんですか？」

隣でリヒャルトが含《ふく》み笑いに言う。見透《みす》かされた気がして、ミレーユは顔を赤らめた。

「だって、もしかしたら、ほんとに映るかもしれないじゃない」

ぼそぼそと白状すると、リヒャルトはおかしそうに頬をゆるめて下を向いた。気恥《きは》ずかしさが倍増し、ミレーユはさらに赤くなった。

「なんでそんなに笑うのよっ」

「いや……。かわいいなと思って」

「………」

「それで、映ったらどうするつもりだったんです？」

相変わらずのさらりとした発言に固まったミレーユだが、続いた問いにはっと息を吹《ふ》き返す。

「もちろん、その人を探し出して、お婿《むこ》になってくださいって言いに行くのよ。その前にパン屋を継《つ》いでくれるかどうか確かめなきゃいけないけど」

リヒャルトはふと表情をあらため、何か考えこむようにミレーユを見下ろした。それから、小さく笑い、おもむろに手をのばしてくる。

「な、なに？」

「鏡の見学はこのへんにしておきましょう。変な男が映ったら大変だ」

声はやわらかいままだったが、彼の掌は問答無用でミレーユの視界をふさいだ。

「そんなの、別に気にしないけど……。多少見た目が冴《さ》えなくたって、ママとおじいちゃんを大事にしてくれるなら」

「だめですよ」

「なんで？」

「……俺が困るから」

目を覆《おお》っていた手が少しゆるむ。それをはずしてリヒャルトを見上げると、さっきとは打って変わって真面目《まじめ》な顔をした彼と目が合った。

「どうしてリヒャルトが困るの？」

「……さあ。どうしてかな」

軽く眉《まゆ》をあげて彼は笑う。はぐらかされたとわかって、ミレーユはむくれた。

「フレッドも同じこと言ってたわ。勝手にお婿を選ばれるのは困る、義弟になるのは自分が認めた人じゃなきゃだめだって」

「……それは俺の意見とは意味が違《ちが》うような」

「え……。あたし、解釈《かいしやく》間違えてる？」

「ええ。かなりね」

リヒャルトは苦笑して手をおろし、気を取り直したように鏡へと視線を戻した。

「それにしても、やっぱり女性はそういう話が好きなんですかね。王女殿下《でんか》もここに来られたということは」

「そうよ。あたしだけじゃなく、みんな好きなの」

断言して、ミレーユは室内を見回した。

ルーディの珍品《ちんぴん》倉庫、もとい白鳳館の中。それまで鏡にばかり気を取られていたが、改めて見てみるとまるで意味不明な空間だった。

本物なのか作り物なのか、床にはひとかかえはありそうな巨大《きょだい》キノコが無数転がっているし、壁《かべ》には件《くだん》の鏡のほかに藁製《わらせい》や木製の大小さまざまな人形がずらりとぶらさがっている。棚《たな》に詰《つ》め込まれているのは、自然界ではありえない色の液体で満たされた瓶《びん》、鉢《はち》に植えられた毒々しい形状の植物、やたら眼玉をぎょろぎょろさせた薄《うす》ら笑いのぬいぐるみ。そして棚の上には分厚い本が天井《てんじょう》に届きそうなほど堆《うずたか》く積まれていた。

心なしか、そちらの方角からうめき声や笑いさざめく声が聞こえる気がする。ミレーユは頬《ほお》をひきつらせ、ごくりとのどを鳴らした。

「だれ……っていうか、『どれ』がしゃべってるの……？」

「大丈夫《だいじょうぶ》。空耳だと思ってたらそのうち聞こえなくなりますから」

笑顔《えがお》で助言されたが、初めて足を踏《ふ》み入れたのにそうあっさりと悟《さと》れるわけがない。

不気味さに堪《た》えきれずリヒャルトにしがみつこうとしたとき、突然《とつぜん》ぐらりと足下が揺《ゆ》れた。

「なにっ⁉　今、揺れなかった？」

「ああ……もしかして実験中かな」

慣れているのか、リヒャルトは平然として視線をめぐらせた。

「隣にルーディの研究所があるんですよ。王宮に来るとそこにこもっていろいろやっているようです」

「な……、研究所って……」

微妙《びみょう》に揺れ続ける足下に不安を感じていると、視線を戻したリヒャルトがはっと息を呑んだ。

「危ない！」

いきなり強く腕《うで》を引かれ、声をあげる間もなくそのまま抱《かか》え込まれる。何がなんだかわからずにいると、ばさばさっと音をたてて本の雨が降ってきた。

やがて静かになり、ようやく状況《じょうきょう》を把握《はあく》したミレーユは急いで顔をあげようとした。

「リヒャルト、大丈夫⁉」

「動かないで」

離《はな》れようとした腕を引き戻される。耳元で声がして、意外な近さにどきりと胸が波打った。

「ものすごく埃《ほこり》が舞《ま》っているので、ちょっとこのままでいてください」

「えっ？　こっ、このまま……」

それは困る、と激しく思ったが、親切心から言ってくれているのに拒否《きょひ》するわけにもいかない。かと言ってこのままくっついているのも心臓に悪すぎる。これなら埃まみれになったほうがいくぶん精神的には楽なのではなかろうか。

そんなことを悶々《もんもん》と考えていると、状況を確認《かくにん》しようとしたのかリヒャルトが少し身体《からだ》を離した。つられてミレーユも顔をあげ——一瞬思考が止まった。

「怪我《けが》はしてないですね？」

「ぎゃあっ！」

鼻先がふれそうな距離《きょり》から真顔でささやかれ、奇声《きせい》をあげて飛び退《すさ》る。勢いあまって後ろの棚に思いきりぶつかり、その拍子《ひょうし》に落ちてきた最後の一冊がゴンと頭に命中した。

「——っっ!!」

「うわ、大丈夫ですか!?」

涙目《なみだめ》で悶絶するミレーユを、リヒャルトは慌《あわ》ててのぞきこんだ。

「すみません、あなたがそこまで嫌《いや》がるとは思わなくて……。まさかこぶができるほど全力で逃《に》げられるなんて」

頭をおさえている手に彼の手が重なって、ミレーユは思わず赤くなった。意識しすぎだ。ただ身を挺《てい》して庇《かば》ってくれただけなのに。

「いえ、その、逃げたわけじゃないの。ちょっとびっくりしちゃって、つい……。あっ、大丈夫よ、深い意味がないのはわかってるから。あの、ありがとう、庇ってくれて」

動揺《どうよう》のあまり礼を言うのすらしどろもどろだ。それを眺《なが》めていたリヒャルトは、しばし沈黙《ちんもく》してからつぶやいた。

「深い意味も、なくはないですよ」

「……え？」

それきりまた黙《だま》ってしまった彼を、ミレーユは不思議に思って見上げた。そして、ぎくりと動きを止めた。

彼の肩越《かたご》しに見てしまったのだ。鏡の中に、金髪《きんぱつ》の少年が映《うつ》っているのを——。

「え……ちょっ……リヒャルトっ」

思いがけない事態に動転して、ミレーユはうわずった声をあげた。

「リヒャルトってば！」

「……なんですか？」

「う、後ろっ、鏡っ、出た、ヴィルフリートさまがっ！」

「——え!?」

どこかうわのそらだったリヒャルトは、その言葉で我に返ったらしい。勢いよく鏡のほうを振《ふ》り返る。

運命の相手がまさかの第二王子だったことで、ミレーユは大いに浮《う》き足立った。

「どうしよう、王子様に向かってパン屋のお婿にきてくださいなんて言えない……！　ねえ、見えた？　やっぱりヴィルフリートさまだった？」

鏡のほうを見たまま固まっていたリヒャルトは、少しかすれた声で答えた。

「いえ……、ルーディが見えました」

「へ。——ルーディ⁉」

意外すぎる名前に、ミレーユはあんぐりと口を開けた。

この珍妙《ちんみょう》な宝物館の主にして自称魔女《じしょうまじょ》であるルーディは、確かにリヒャルトに好意を抱《いだ》いているようではある。しかしリヒャルトのほうは趣味《しゅみ》じゃないとあっさり切り捨てたはずだ。

「や、やっぱりリヒャルトも、実はひそかにルーディのことを」

「いや……それだけは絶対にないです」

「でもこれは運命の鏡なのよ。自分でも気づかないうちにそういうことって決められてるのかもしれないわ。あたしだって、ヴィルフリートさまのこと別になんとも思ってなかったけど、現に映っちゃったし……」

「目の錯覚《さっかく》です」

リヒャルトは少し不機嫌《ふきげん》そうな顔になってきっぱり断言した。そう言われるとそんな気もしてくる。

「じゃあ、二人一緒《いっしょ》にもう一回見てみる？　最初見たときは普通《ふつう》の鏡だったんだから、今度もあたしたちしか映らないはずよね」

「いいですよ」

二人はそろって鏡へと向き直った。

険しい顔をした金髪の少年と、長い巻き毛をたらした派手な美女が映っている。——間違いなく第二王子と魔女だ。

「やっぱり出たじゃない!!」

「ちょっと待って。何か言ってる」

リヒャルトの冷静な一言に、取り乱しかけたミレーユはもう一度視線を戻《もど》した。よくよく見てみると、鏡の中の二人はそろって目をつりあげ、なにやら怒《おこ》っているようだ。

「このボケがっ、人の部屋ぐちゃぐちゃに散らかしてどういうつもり!?」

「男同士こんな暗がりでべたべたするとは、気色が悪いにもほどがある！　まっとうな道に戻れ！」

罵声《ばせい》を浴びせる彼らは、鏡が見せた運命の相手にしてはいやに現実的な注文をつけている。

「そこで待ってなさい、今すぐひねり捨ててやるから！」

指を突きつけて叫《さけ》ぶなり、二人の姿はふっと鏡の中から消えてしまった。

「……消えちゃったわ……」

目を瞠《みは》るミレーユの横で、リヒャルトがやれやれといった顔でつぶやく。

「どうやら、種明《たねあ》かしをしてくれるようですね」

ダーン、と音をたてて、白鳳館の扉が開いた。


「運命の鏡？　——そんなもん、嘘《うそ》っぱちに決まってるじゃない」

怒鳴《どな》りこんできたルーディは、リヒャルトから逆に問い詰められて、いともあっさりと白状した。

壁にかけられた鏡へ歩み寄り、コンコンと指の節でたたく。

「単純な仕掛《しか》け鏡よ。壁に穴をあけて、裏の隠《かく》し通路とつなげてるの。これは鏡じゃなくてただのガラス。のぞいたって何も映らないわ。向こうに誰《だれ》かがいない限りはね」

「じゃあ、運命の鏡だっていう噂《うわさ》はどこから……」

「あ、それはわたしが流したのよ。一儲《ひともう》けしようと思って」

「一儲け？」

訝《いぶか》しげなリヒャルトに、ルーディは悪びれない笑顔でしなだれかかった。

「だってえ、若く美しくいるためにはお金が必要なんだもの。研究材料を買いすぎちゃって、近頃《ちかごろ》金欠気味なの」

「それでフレデリックを餌《えさ》にして、親衛隊の者たちから金をしぼりとろうという魂胆《こんたん》だったらしい」

ヴィルフリートの解説に、ミレーユは目をむいてルーディを見た。

「それってフレッドを……じゃなかった、わたしを利用しようとしたってこと？」

確かに、この王宮にはそんな噂話につられそうな人がわんさかいる。とくに数多く存在するフレッドの親衛隊たちは我先にとやってきそうだ。そこでもし鏡にフレッドが映ったら、きっと彼女たちは狂喜乱舞《きょうきらんぶ》することだろう。見物料にも大枚をはたくに違《ちが》いない。

なんというあくどい企《たくら》みか。乙女心《おとめごころ》をもてあそぶような真似《まね》は許しがたい。

しかし、ルーディはいまいましそうに舌打ちした。

「つーか、あんたが止めたんじゃない。愛は安売りしない、とか珍《めずら》しくまともなこと言い出しやがってさ」

「え……」

こういう悪戯《いたずら》が大好きなフレッドのことだから、むしろ進んで協力すると思ったのに。

ミレーユはひそかに兄を見直した。しかし身代わりだと知らないヴィルフリートは不審《ふしん》そうに眉根《まゆね》を寄せた。

「やはり最近のおまえはおかしい。妙《みょう》にまともなことを言うし、それでいて時々物言いがなよなよしている。そして何より不自然にラドフォードと親しすぎる」

「は……、親しすぎるって、そんな……」

反論しようとして、はたとリヒャルトと目が合った。なぜか少し焦《あせ》ってしまい、ゴホンと咳《せき》払《ばら》いして強引《ごういん》に話題を変える。

「ところで、昨夜ここに見慣れないものが落ちてなかった？」

「はあ？　見慣れないもの？　知るかっつの」

「もしくは今朝」

ミレーユの問いを邪険《じゃけん》に流そうとしたルーディだが、リヒャルトが続けた言葉にはかわいらしく首をひねった。

「さあねぇ。わたしもヴィルも、ここへ入ったのは久しぶりだから……。つーかフレッド、あんたのほうが知ってるでしょ。毎日隣《となり》に入り浸《びた》ってるんだから」

「――え？」

ミレーユは目を見開いてリヒャルトを見上げた。

隣にあるという研究所にこもっていたのなら、ここへ入る機会も当然あっただろう。王女の落とし物について知っている可能性も高い。

一刻も早く『謎《なぞ》の詩人』を捕獲《ほかく》して事情を聞かねばならない。ミレーユは王子と魔女に別れを告げ、リヒャルトと二人で張り込み現場へと向かった。


朝靄《あさもや》たちこめる早朝――。

回廊《かいろう》を誰かが歩いてくるのに気づいて、うとうとしていたミレーユは慌《あわ》てて目をこすった。

「リヒャルト、誰かきたわ」

「そのようですね」

特に人目を気にするそぶりもなく堂々とした態度で近づいてきたのは、金髪の若い男性だ。

彼はミレーユたちが隠れている茂《しげ》みの正面で立ち止まった。

回廊の途中《とちゅう》にある扉。そこは白薔薇《ばら》乙女の会報係が執務《しつむ》室《しつ》として使っている部屋である。

彼の後ろ姿を凝視《ぎょうし》したまま、ミレーユは低くつぶやいた。

「認めたくないけど……。どう見てもフレッドよね」

彼は懐《ふところ》から一通の封書《ふうしょ》を抜《ぬ》き出すと、迷わず扉の隙間《すきま》に挟《はさ》み込んだ。その満足げな横顔を見てミレーユの頭にカッと血がのぼる。我慢《がまん》できずにそのまま茂みから飛び出した。

「待ちなさいっ！」

毅然《きぜん》とした叫び声に、立ち去ろうとしていた彼が驚《おどろ》いたように振り返る。ミレーユはすかさずその腕《うで》をつかんだ。

「捕《つか》まえたわよ、この極悪《ごくあく》詩人！」

「……ミレーユ？」

ぽかんとしてつぶやいたのは、まぎれもなくフレッドだった。突如《とつじょ》どこからともなく現れた妹をまじまじと見つめていたが、後ろの茂みからリヒャルトが出てくるのを見て目を見開く。

「朝っぱらからこんなところでにやにやして、いったい何考えてんのよっ」

「いや……、きみこそ、そんなに葉っぱにまみれて何してるのさ？」

フレッドは少し眉根《まゆね》を寄せ、咎《とが》めるように二人を見た。

「きみたちさ、いちゃつくのなら部屋の中でやりなよ。いくら夏だからって、一晩じゅう外にいたら風邪《かぜ》ひくよ」

「煙《けむ》に巻《ま》こうったってそうはいかないわ。きっちり説明しなさい、いったい何の企みがあってこんなことしてるの！」

「確かに別邸《べってい》はお父上の目が光ってるし、ましてや官舎じゃ人が多すぎて集中できないだろうけど、だからってこんな王宮の庭の茂みでやるなんてあまりにも情緒《じょうちょ》がなさすぎる。まあ、盛り上がっちゃったものはしょうがないし、二人がそれでいいなら別に反対はしないけど……」

「さっきから何の話をしてんのよ⁉」

「また一つ大人への階段をのぼった妹に、お兄ちゃんは感無量だよ」

「ふざけないでっ！」

一向に話を聞こうとしない兄に堪忍袋《かんにんぶくろ》の緒《お》が切れて、ミレーユはとうとうフレッドの首を絞《し》めにかかった。

「やっぱり、いっぺん死なないと馬鹿《ばか》は直らないみたいねえええぇぇ」

「ミレーユ、落ち着いて」

葉っぱを払《はら》っていたリヒャルトが慌てて止めに入る。フフ、とフレッドは笑った。

「また腕力《わんりょく》があがったね、ミレーユ……。兄として誇《ほこ》らしいよ。きみほど首を絞めるのが上手《うま》い女性は他《ほか》にいない」

「変態‼」

「まあまあ」

首を絞められたというのに妙に嬉《うれ》しそうにしているフレッドを、リヒャルトはやや呆《あき》れたように見やった。

「白薔薇通信に詩を送ったのは、本当にきみなのか？」

「え……？　ああ、うん。そうだよ」

「よくもそんなことできるわね！　セシリアさまのお気持ちも考えなさいよっ」

「殿下《でんか》がどうかなさったの？」

きょとんとして訊《き》き返され、ミレーユはふと嫌《いや》な予感をおぼえて眉をひそめた。

「ちょっと待って。──あの詩、ほんとにあんたが作ったの？」

「他に誰《だれ》が作るのさ」

心底不思議そうな顔で言われてしまった。まさかの事態に、ミレーユは愕然《がくぜん》となる。

「じ……自分のためにあんな詩を……」

自己陶酔症《とうすいしょう》もここまでくると末期だ。しかしフレッドはなぜか、急に元気をなくしたように目を伏《ふ》せた。

「最近、自分に自信がもてなくてね……」

「え──何かあったの？」

しばし黙《だま》ったあと、彼はため息まじりに切り出した。

「今月……たったの九百八十七通しかこなかったんだ……」

「何が？」

「何って……、恋文《こいぶみ》にきまってるだろ？」

「…………は？」

「信じられないよ。いくら少なくても、これまで千通を切ったことなんてなかったのに！」

フレッドは苦悩《くのう》の表情で壁《かべ》にもたれた。啞然《あぜん》とするミレーユとリヒャルトをよそに、力強く拳《こぶし》を握《にぎ》りしめる。

「だからぼくは誓《ちか》ったんだ。もっともっと美しく進化して、この魅力《みりょく》をあらためて世に知らしめようって。それでとりあえず文才を生かして自分の魅力を語ってみようと……、あれ、どうしたのミレーユ」

あまりのくだらなさに脱力《だつりょく》して、ミレーユはへたりこんだ。——そうだった。兄はこういうことを大真面目《まじめ》にやる男なのだ。

「じゃあ、ここ最近帰ってこなかったのって……」

「秘密部屋で詩作に励《はげ》んでたんだよ。魂《たましい》を傾《かたむ》けてやってたから帰る余裕《よゆう》がなかったんだ。ごめんね、寂《さび》しかったかい？」

緊張感《きんちょうかん》のない笑顔《えがお》で謝るフレッドに、ミレーユはますますうちひしがれた。代わりにリヒャルトが話を進める。

「白鳳館にこもっていたなら、王女殿下とお会いしただろう？」

「ああ、一昨日《おととい》だっけ。お会いしたよ」

フレッドは大げさな身振《みぶ》りでなげいた。

「あの時も微妙《びみょう》に傷ついたんだよなあ。ぼくのことを化け物でも見たような目でご覧になって、あげくに悲鳴をあげて逃《に》げていかれたんだよ？　それでやっぱり今の自分には何かが足りないんだと感じて、尚《なお》いっそう詩作に励み、現在《いま》に至るというわけさ」

「……その時に落とし物をされたらしいんだが、心当たりはないか？」

さりげなく聞き流して訊《たず》ねるリヒャルトに、フレッドは怪訝《けげん》そうに眉根をよせた。

「落とし物？」

「殿下がいつも持ち歩いておられる、白いやつ」

「ああ、あれか。――いや、知らないよ」

期待を裏切り、彼はあっさりと否定した。ミレーユは疑いの目で詰《つ》めよる。

「本当でしょうね？」

「ぼくが今まで嘘《うそ》をついたことがあるかい？」

「あるわ。毎日のようにね！」

「まあまあ」

割って入ったリヒャルトが、仕方なさそうにため息をついた。

「でも困りましたね。手がかりがなくなってしまった」

「うーん……。もしかして、他にも鏡を見に来た人がいたとか？　それでたまたま詩集を見つけて拾ったのかも……」

「そうだとしたら、もう特定するのは難しいですね」

「……ていうかそもそもセシリアさまは、どうしてフレッドの書いた詩が自分の書いたものだって思われたのかしらね。たまたま内容が似てたってこと？」

「まあ、さすがに中身を拝見したことはないので、何とも言えませんが。たぶんそうなんでしょう」

あの慌《あわ》てぶりからすると、とリヒャルトはつぶやいた。白薔薇通信に載《の》せられた詩の内容を思い出しているのか、ちょっと遠い目になる。

(そうだとしたら、フレッドとセシリアさまって実は結構似た者同士? 感性というか美意識的なものが——)

「殿下の日記が行方《ゆくえ》不明なのか。それは一大事だ。ぼくも一緒《いっしょ》に捜《さが》すよ」

ふいにフレッドが口を開いたので、リヒャルトに耳打ちした体勢のまま考えこんでいたミレーユはびくりとした。

「えっ? ——日記?」

「いつも持ち歩いておられる白いものといえば、他にないしね」

詩集と思っていたが実は日記帳だったらしい。急に興味をしめし始めたフレッドにミレーユは慌てた。セシリアの態度を思い返してみるに、この件に彼が関《かか》わるのはまずいと直感が告げている。

「い、いいわよ、あたしたちでやるから」

「遠慮《えんりょ》はいらないよ。ちょっと心当たりがある」

「え。ほんと?」

「うん。実はあの夜、連れがいたんだ。朝まで研究所に一緒にこもってたから、もしかしたら彼が何か知ってるかもしれない」

「うちの副長だよ」

怪訝な顔になるミレーユとリヒャルトに、彼は笑顔を向けて言った。

「……誰《だれ》？」


白百合騎士《しらゆりきし》団の副長、カイン・ゼルフィード子爵《ししやく》は、薄暗《うすぐら》い部屋で長椅子《ながいす》にもたれて眠《ねむ》っていた。彼の『友人』である黒猫《くろねこ》たちがそこここで丸くなっている。

「カインは夜型だから、朝は弱いんだよね」

さてどうやって起こそうかと腕《うで》を組むフレッドに、ミレーユは不審《ふしん》な顔を向けた。

「こんなところで、二人して何やってたの？」

白鳳館にある魔女の研究所の一角である。狭《せま》い室内には質素な机と椅子、そしてカインが寝《ね》ている長椅子があるだけで、特におもしろそうなものは何もない。

「作った詩を朗読してきかせてたんだ。一晩中」

「なんて迷惑《めいわく》なことを……」

「いつも喜んでつきあってくれるよ。彼は大学で妖精《ようせい》神話学の博士号をとってるから」

「あんたの詩に全然関係ないじゃない。ていうかいつもって」

「ぼくの世界観は妖精と似てるらしくてね。少なくとも週に三日は、それを肴《さかな》に二人で語り明かしている」

悪びれずに説明され、ミレーユはまたも爆発《ばくはつ》した。

「いい加減にしなさいよこのド変態がっ!! なんなのよ妖精の世界観って、なにをそんなに語ることがあるの⁉ ていうかやっぱりこの王宮おかしいわね！ こんな馬鹿に毎月千通も恋文が届くなんてありえないもの。明らかに何かの呪《のろ》いを受けてるわ！」

「呪いじゃなくて魔法《まほう》だよ。ぼくと目が合った人はみんなぼくの虜《とりこ》になるように、神様が悪戯《いたずら》な魔法をかけたのさ」

「じゃあその魔法を使う神様をここへ連れてきて。三日三晩説教して根性《こんじょう》を入れ直してやるから！」

「ミレーユ、きみは誤解してる。千通っていうのはあくまで公称《こうしょう》だよ。あまり正直に公表するのも慎《つつし》みがない気がして控《ひか》えてはいるけど、ほんとはぼくの人気はもっとすごいんだから」

「どうでもいいわよそんなことは！ だいたい、毎月いちいち数えてるわけでもないくせに何を――」

「失礼な。数えてるに決まってるだろ。ぼくを賛美する手紙だよ？ それくらいの労力が苦になるわけないじゃない」

心外だというふうに眉《まゆ》をひそめられ、ミレーユの頭にますます血が上った。

「その熱意を半分でいいから仕事にも回したらどうなのよっ。隊長と副長がそろってそんなだから、リヒャルトがいつも一人で苦労してるんじゃないの！ ほら、謝りなさいっ。いつも仕事おしつけてごめんなさいって謝るのよ！」

「ごめんねリヒャルト。うちの妹を一日好きにしていいから、許してくれる？」

「いいよ」

「何言ってんの!?」

騒々《そうぞう》しさに嫌気《いやけ》がさしたのか、近くで寝ていた黒猫が二匹《ひき》、うるさそうに身を起こして部屋を出て行った。それでも彼らの主は熟睡《じゅくすい》したままだ。

「ああもう、そんなことよりセシリアさまの日記よ！　早くカインを起こして事情を……」

もどかしくなって長椅子に向かおうとしたら、いきなり腕をつかまれた。ミレーユはびっくりしてリヒャルトを見上げた。

「えっ。──ちょ、ちょっと待って。いえあの、それであなたの気がすむなら、一日好きにしてもらって全然かまわないんだけど、ちょっとまだ、心の準備が」

「……それ」

見当違いな妄想《もうそう》をして焦《あせ》るミレーユの足下を、リヒャルトは気の抜《ぬ》けたような顔で指した。つい今まで猫が丸まっていた場所に、白い布張りの本が開かれた状態で落ちている。──表紙だけの姿になって。

「…………」

三人は沈黙《ちんもく》し、何とも言えない顔で目を見交《みか》わした。

そしてカインはとうとう最後まで目を覚ますことはなかった。

「そう。子爵の猫が……」

伯爵《はくしゃく》からの報告を受けたセシリアは呆然《ぼうぜん》とつぶやいた。

ようやく手元に戻《もど》ってきた彼女の日記帳は、変わり果てた姿になっていた。中の紙は破り裂《さ》かれ、きれいな頁がほとんど残っていない。もはや日記帳ではなく布張りの堅紙《かたがみ》だ。しかも歯形付き。

そういえば、とセシリアは思った。あの夜、白鳳館へ行く途中《とちゅう》で黒猫の群れに遭遇《そうぐう》した覚えがある……。

叩《たた》き起こされてわけもわからず同行させられたカインが、半分閉じかけの瞼《まぶた》の下から生気のない眼差《まなざ》しを王女に向けた。

「お怒《いか》りはごもっともです、殿下。お許しをいただけるとは思いませんが、とりあえず腹をかっさばいてお詫《わ》び申しあげます」

「そっ、そこまでしなくても結構よっ」

おもむろに剣《けん》に手をかける副長をうわずった声で制すると、セシリアは鋭《するど》い目をして追及《ついきゅう》した。

「中身を見てはいないでしょうね？」

「は。気づいた時には既《すで》に表紙しか残っておりませんでしたので」

セシリアはほっと息をついた。何よりそれが一番気にかかっていたのだ。

と、そこで視線を感じた彼女は、不機嫌《ふきげん》な表情に戻って伯爵を見た。

「……あなたも、見ていないでしょうね？」

「もちろんですとも」

調子の良い愛想《あいそ》笑いを向けられて、負けじとにらみ返す。

「それで、例の詩人の件はどうなったの」

「はい。調査したところ、彼はまったくの潔白でした。稀《まれ》に見る素晴《すば》らしい才能の持ち主でしたが、とある人物から公表するのをやめるようきつく言われて、それに従うことにしたようです」

伯爵はどこか残念そうに嘆息《たんそく》する。まともな結果報告を述べた彼に驚《おどろ》いて、セシリアは黙《だま》りこんだ。

自分の日記を暴露《ばくろ》されたわけではないとわかると、不思議なもので続きが読みたかったなどと思ってしまう。あの詩にはまるで自分が書いたかのように共感するものがあった。できればひそやかに謎《なぞ》の詩人と語り合ってもみたかった。

だが、すべては終わったことだ。

きゅっと眉根を寄せる。珍《めずら》しく仕事をした彼には一応礼を言わねばなるまい。

「ご……ご苦労だったわね。……あ……ありが」

「そういえば殿下にはぜひ申しあげておきたいことがありました」

せっかく礼を言ってやろうと思ったのに、伯爵は無礼にもそれを遮《さえぎ》った。セシリアは赤らむ頬《ほお》を怒りでごまかしながら彼をにらんだ。

「何なの」

「ぼくは、赤毛でくせ毛の女の子も大好きですので」

「それがどうし――」

とげとげしく言いかけて、ふとあの夜のことが頭をよぎった。覚えのある言い回し。鏡を見て叫《さけ》んだ自分。

セシリアは目を瞠《みは》って伯爵を見た。いつものごとく癪《しゃく》に障《さわ》る笑《え》みを向けられ、みるみる顔に熱がのぼる。

「思い込みはよくないですね、殿下」

もっともらしくそう言われ、耳まで真っ赤になったセシリアは傍《かたわ》らの花瓶《かびん》をつかんだ。

「おだまりっ！　今日こそ地獄《じごく》へたたき落としてあげるわ!!」

――白百合《しらゆり》の宮に平穏《へいおん》が訪《おとず》れる日は、まだまだ遠そうだった。

馬車に乗り込もうとして、ミレーユはふと振りむいた。

大事な日記が猫の玩具《おもちゃ》になってしまって、セシリアは今ごろ寝込《ねこ》んでいるかもしれない。フレッドは自分に任《まか》せておけと豪語《ごうご》していたが、どうなっただろう。

「殿下なら大丈夫《だいじょうぶ》ですよ」

まるで心を読んだかのようにリヒャルトが口を開く。

「ええ……そうね」

ミレーユはうなずいて向き直ったが、どうにも気になって足をとめた。

セシリアの日記も無事に——とは言いがたいが一応は彼女の手元に戻ったことだし、フレッドが悪行を働いていたわけではないことも確認《かくにん》できた。思い残すことはないはずなのだが、何か大事なことを忘れている気がしてならない。

「他《ほか》に気になることでも？」

うーん、と考えこむミレーユを、リヒャルトは不思議そうにのぞきこむ。

「ちょっと引っかかってるんだけど、思い出せなくて……」

深刻な顔でつぶやくのを眺《なが》め、リヒャルトも考えるように黙りこんだが、やがて思いついたように口を開いた。

「……もしかして、あのことかな」

「あのこと？」

「今日一日、あなたを好きにしていいっていう約束のことです」

思ってもみなかったことを言われてミレーユは一瞬《いっしゅん》ぽかんとした。が、意味を理解すると焦りで顔を赤らめた。

「い、いえ、そのことじゃないと思うわ……って、あれ、冗談《じょうだん》でしょ？」

「本気ですよ。もちろん」

真顔で即答《そくとう》され、ミレーユはますますうろたえた。仕事をしない隊長と副長に、実は鬱憤《うっぷん》がたまっていたのだろうか。

「あの、でも、あたしでお役に立てるかどうか……。ていうか、何をしたらいいのかさっぱりわからないんだけど」

「いろいろです」

「いっ、いろいろって、だから何を」

リヒャルトは御者《ぎょしゃ》に行き先の変更《へんこう》を告げると、慌《あわ》てるミレーユを押し込むようにして自分も一緒《いっしょ》に馬車に乗り込んだ。

めくるめく妄想をくりひろげ、ミレーユは動転して座席の隅《すみ》にへばりつく。だが、向かい側に腰《こし》をおろしたリヒャルトが唇《くちびる》の端《はし》で笑っているような気がして、ふと眉根《まゆね》を寄せた。

視線に気づいたリヒャルトは、こらえきれずに笑いをこぼしながら白状した。

「いろいろと、城下の菓子処《どころ》をめぐるんですよ」

「…………」

ミレーユはみるみる赤くなった。我ながら早とちりと勘違《かんちが》いにもほどがあるとは思うが、彼が明らかにそれをおもしろがっているのがわかって、ちょっと悔《くや》しくなる。

「リヒャルトって、たまに意地悪なことするわよね」

恥《は》ずかしさのあまり八つ当たり的に文句を言ったが、リヒャルトは何も言わず楽しそうに笑っただけだった。

ミレーユはむくれて彼を見る。動揺《どうよう》したせいで何か忘れてしまったような気もしたが、もうそれもどうでもよくなった。

——扉《とびら》が閉まり、城下へ向けてゆっくりと馬車が動き出す。


白鳳館の仕掛《しか》け鏡がまれに『本物』になるという世にも不思議な事実は、その現象に遭遇しておきながらまったく気づかず、そのうえすっきり忘れて菓子屋めぐりに向かった鈍感《どんかん》な二人組のせいで、闇《やみ》に取り残されることとなった。

『のぞいたら運命の相手がみえる鏡』。

おとぎばなしのようなその真実は、鏡の中でだけ生きている。

魔女《まじょ》の宝物庫に時折魔法がかかるガラスの鏡が眠っていることは、今はまだ誰《だれ》も知らない秘密の話だ。

身代わり伯爵と
伝説の勇者

「レオンハルトさーん、早くー!」

「ははは、待ってくれよマリオン君」

木洩《こも》れ日がさす森の中、若い男女の声がひびく。

あたりには他《ほか》に誰《だれ》もいない。真昼とはいえ静まり返った深い森の中は、恋人《こいびと》たちが愛を語るに充分《じゅうぶん》な雰囲気《ふんいき》である。

だが恋人でも何でもない二人——特にレオンにとっては、修行《しゅぎょう》か鍛錬《たんれん》かといった状況《じょうきょう》だった。

「大丈夫《だいじょうぶ》ですかー? まあ、すごい汗《あせ》」

はるか先を歩いていたマリーが心配して駆《か》け戻《もど》ってきたが、嬉《うれ》しいくせにもう愛想《あいそ》笑いすら出てこない。

「……俺は都会育ちなんだ。山道は慣れてない」

「あら、わたしだってそうですけど」

夏の昼間、街まで歩いて買い物に行き、大きな荷物まで抱《かか》えているのに、マリーはさほど疲《つか》れた様子もない。

「運動不足なんですよ。そんなに若くないんだから、気をつけて体力つけないと」

「俺はまだ二十五だぞ」

「わたしから見れば充分おじさんです」

おなじみの憎《にく》まれ口が返ってきた。この話題になるといつもこうだ。

そして、たった七つの年の差を気にするあまり、ますます年寄りめいたことを言い返してしまうのもいつものことである。

「子どものくせに、余計な気を回すな」

ぶっきらぼうな一言に、案の定マリーはむっと頬《ほお》をふくらませた。

「ひどいわ、心配して言ってるのに。もういい！」

「……マリオン君、ちょっと待て――」

踵《きびす》を返して歩きだすのをレオンは苦い顔で追いかけたが、マリーが足を止めたので怪訝《けげん》に思って目線をあげた。彼女の視線の先をたどり、目を瞠《みは》る。

森の中、湧《わ》き出る小さな泉のほとり。

白い花びらが絨毯《じゅうたん》のように敷《し》きつめられたその場所に、一人の少年が横たわっていた。


「大丈夫ですか!?」

純白の花に埋《う》もれ、祈《いの》りをささげるかのように胸の上で手を組んでいた少年は、かすかにうめいて瞼《まぶた》をあげた。あらわれた青灰色の瞳《ひとみ》が、頼《たよ》りない光を揺《ゆ》らしてマリーを見上げる。

マリーは当惑《とうわく》した。行き倒《だお》れた人間が開口一番に所望《しょもう》するにしては、いささか変わった代物《しろもの》だ。

「鏡を……貸して……」

気だるげな吐息《といき》とともに、彼の唇からつぶやきがもれた。

「鏡……」


「お願いだ……消耗《しょうもう》しすぎて……今すぐ補給しないと死んでしま……げふぅっ」

蒼白《そうはく》な顔で彼はいきなり激しく咳《せ》き込んだ。今にも吐血《とけつ》しそうな勢いだ。

「しっ、しっかりしてください！」

マリーは慌てて自分の荷物をひっくり返した。ぶちまけられた中から小さな手鏡を見つけて少年に差し出すのをレオンはすぐ後ろで眺めていたが、ふとひっかかりを覚えて眉根を寄せた。

（この男、見覚えがあるような……？）

差し出された鏡をまぶしげにのぞきこみ、少年はじっとそれに見入る。

しばし無言でそうしてから、ほぅ……と感嘆《かんたん》したようにため息をついた。

「素敵《すてき》だ……。花につつまれて眠る美しく儚《はかな》げなぼく……。最高だ……」

（――――は？）

空耳かと顔を見れば、さっきまでと打って変わって頬は生気に満ち満ちている。

「あぁ……生き返るぅ……」

鏡に映る自分を見つめ、彼は陶酔《とうすい》の眼差《まなざ》しでうっとりとつぶやいた。別の意味で心配になってくる光景だ。

「………だ、大丈夫ですか？」

面食《めんく》らいながらマリーが声をかけると、彼は何事もなかったかのようにむくりと身を起こした。

「助けてくれてありがとう、お嬢《じょう》さん。きみの名前を訊《き》いてもいい？」

とても直前まで行き倒れていたとは思えないまぶしい笑顔《えがお》だ。マリーがかすかに頬を染めるのを見て、レオンの額に青筋《あおすじ》が浮かぶ。

思い出した。こんなふうに何の労苦もなく女性に接近しては個人情報を聞き出す男を、一人だけ知っている。

理解が遠く及《およ》ばない世界の住人だった、変わり者の同級生——。

「マリオン・ヴェスターです……」

おずおずとした答えを聞いて、少年が軽く目を見開く。

「貴族みたいな名前でしょ。似合わないので、皆にはマリーと呼ばれています」

マリー、と彼は小さくつぶやいた。それから優《やさ》しい顔で微笑《ほほえ》んだ。

「ぼくの好きな名前だ」

「え……」

「マリー、今日ここでぼくたちが出会ったのはきっと運命に違《ちが》いないよ。今すぐきみのお父様にご挨拶《あいさつ》したいから、お宅に案内してもらえるかな？」

「えっ。あの……」

戸惑《とまど》うマリーの手を少年がさりげなく握《にぎ》るのを見て、レオンの怒《いか》りは瞬時《しゅんじ》に限界を突破《とっぱ》した。

「ふざけるのも大概《たいがい》にしろ、フレッド！　出会ってからまだ五分も経《た》っていない相手を当然のように口説くとは、一体どういう神経をしているんだ！」

その怒声《どせい》で初めて存在に気づいたように、彼はレオンに視線を向けた。そして、驚《おどろ》いた顔で微笑んだ。

二年ぶりの——あまり嬉しいとは言いがたい——旧友との再会だった。

アルテマリス王国の南部に広がる深い森は、コンフィールド公国を経てシアラン公国へと繋《つな》がっている。その暗く寂《さび》れた森の奥、コンフィールドとアルテマリスの国境にほど近い僻地《へきち》にウェルド村はあった。

「——じゃあ、お連れの方とはぐれて？」

豆茶の注がれたカップを卓に置き、マリーは目の前に座る少年を見た。父の昔の教え子だと名乗った彼は、ありがとう、と微笑んで茶を受け取る。

「ここへ来る途中《とちゅう》で深い霧《きり》に遭遇《そうぐう》してね。きみが通りかかってくれなかったら、あのまま禁断症状《しょうじょう》で死んでいたかもしれない」

「禁断症状？」

「途中で鏡をなくしちゃったんだ。ぼくは日に最低三十回は鏡を見ないと駄目《だめ》な体質なんだけど、それで鏡を持ってないなんて致命的《ちめいてき》だろう？　神様に死ねと言われたようなものだよね」

アハハと笑う彼に、冗談《じょうだん》なのか本気なのか判断がつかず、マリーは曖昧《あいまい》な笑みを返した。

「それは……随分特殊《ずいぶんとくしゅ》な体質のようで、大変ですね。じゃあさっきのあれは、そういう理由で倒《たお》れていらしたんですね」

「そうなんだ。行き倒れるのにふさわしい場所がなかなか見つからなくてね。花を集めてあれこれ準備してたら、ほんとにもう、くらぁっと立ちくらみがしちゃって。まいったよ」

言われた意味が一瞬わからず、マリーは少し考えてから口を開いた。

「……え？　あの花って、フレッドさまがご自分で集められたんですか？　もともとあそこにあったとかじゃなく？」

「いやだなぁ。あんなに花が大量に敷きつめられてる場所なんか、そうそうないよ？　しかもあれ蓮《はす》の花だしね。ああそれと、さまなんて付けずにもっと親しげに呼んでよ、マリー」

「はあ……。でも、蓮の花ってどこから？　あのへんには池とか湖とかなかったと思うんですけど」

「三十分くらい歩いた向こうに大きな池があったよ。純白の蓮の花がたくさん咲《さ》いて、まるで天国のような眺《なが》めだった……。ほんとはもう少し欲しかったけど、体力もかなり限界にきてたし、三往復《おうふく》分でやめておいたんだ」

残念そうにぼやくフレッドを、マリーは呆然《ぼうぜん》と見つめた。

「あの……、それだけの体力があったのなら、わざわざ行き倒れずに村までいらしたほうがよかったんじゃ……」

「でもね、マリー。行き倒れるときだって、ただ地べたに転がってるだけじゃつまらないだろ？　どうせなら美しく行き倒れたいじゃないか」

とにかく楽しげによくしゃべる。見た目だけなら完璧《かんぺき》な良家の貴公子なのに、中身はだいぶ変わり者のようだ。加えて自分のことが大好きらしい。

「——ところで、教授は今どんな研究をなさってるんだい？　お留守ということは、資料集めか何か？」

思い出したように身を乗り出す彼に、マリーはため息まじりに答えた。

「研究というか、野次馬です。森の向こうにある古城に謎《なぞ》の魔物《まもの》が出るとかで、生け捕《ど》りにして屋根裏部屋で飼うんだって……」

「ははっ、相変わらずだなあ」

「笑い事じゃないんですよ。レオンハルトさんや他《ほか》の学生さんまで巻き込んで、ご迷惑《めいわく》をかけてるんですから」

しぶい顔のマリーの台詞《せりふ》に、フレッドは今さらのように隣《となり》に座る旧友を見た。

「そういえばレオンはなぜここに？　大学はどうしたの？」

「一時休学して、父の研究のお手伝いのために来てくださってるんです。もう三ヶ月くらいになるかしら」

「マリオン君。余計なことは言わなくていい」

むすりとしてレオンが口をはさむ。自分のほうを見ようともしない彼を、フレッドは頬杖《ほおづえ》をついたまま見つめた。

「ふうん。怖《こわ》がりなきみが、魔物の研究のためにわざわざねえ……」

「……誰《だれ》が怖がりだ」

「…………」

「文句があるならはっきり言え！」

ついむきになってしまったレオンだが、急に黙《だま》りこんだフレッドの視線は、レオンの肩越《かたご》しに背後へ向いている。

「……もしかして、魔物ってあれ？」

「あ？」

不機嫌な顔のままレオンは振《ふ》り返った。そして目をむいた。

窓の外、毛むくじゃらの顔に角を生やした男が立っている。勢いよく鉈《なた》を振り上げるのを見て、フレッドが緊迫《きんぱく》した顔で腰《こし》を浮《う》かせた。

「あれは……っ！」

「もうっ、お父さん！」

マリーが慌《あわ》てて立ち上がる。しかしそれより早く、フレッドはぱっと目を輝《かがや》かせて窓辺へ駆《か》け寄った。

「『ザクソンの獣戦士《じゆうせんし》』だ！　うわあ、かっこいいなあ！　再現率も完璧じゃないですか。さすがだなあ」

毛むくじゃらの被《かぶ》り物を取った相手が、驚いたように目を瞬《また》かせる。

「きみは……フレデリックじゃないか。フレデリック・ロイデンベルク君だろう？」

「はい。お久しぶりです、ヴェスター教授」

「え？　ロイデンベルクって……」

このウェルド村がある地方一帯を治めているのが、確かロイデンベルク伯爵《はくしゃく》という名の領主だったはずだ。

マリーは驚いてフレッドを見た。が、それを問いただすことはできなかった。

「――レオンハルトさんっ!?」

父の怪奇扮装《かいきふんそう》のせいで失神《しっしん》してしまったレオンを、いつものように介抱《かいほう》しなければならなかったからである。


ヴェスター教授は怪奇心理学専門の学者である。王都グリンヒルデの名門大学を退官し、現在はウェルド村に移住して趣味《しゅみ》の延長のような研究を続けていた。

「きみがいなくなってから、趣味の合う学生が皆無《かいむ》でホント寂しかったよ。怪奇扮装しても相手にしてくれるどころか我先に逃《に》げていっちゃうしさぁ。研究室で何度一人泣きぬれたことか……。近頃《ちかごろ》の若いもんは遊び心がなくていかんよね、ホント」

かわいがっていた教え子の訪問に、教授はいつにも増して饒舌《じょうぜつ》だった。

「ねぇ、きみ。大学に戻《もど》っておいでよ。そしたら私も復職するから。また二人で夜の学舎を探険したり、博物館で勇者ごっこしたりしようじゃないか」

「そして学長先生にばれて、一緒《いっしょ》にバケツを持って立たされるんですか？　もう嫌《いや》ですよ。腕《うで》がしびれて疲《つか》れるし」

「いやいや、あれは学長のヤキモチなんだって。誘《さそ》ってもらえなかったから拗《す》ねてただけなんだよ。きみ、こんなところをうろついてるってことは、どうせ暇《ひま》なんでしょ。王女殿下《でんか》の騎士《きし》団長なんて引退して、大学に戻ってきなさいってば。……ん、そういえばきみ、こんな田舎《いなか》に何しにきたの？」

ようやく思い出したように訊《たず》ねる教授を、フレッドは真面目《まじめ》な顔になって見つめ返した。

「実は、例のアレを見せてもらいに来たんですが——」

「アレ？　セヴェリーヌのことかね？　髪《かみ》の伸《の》びる女の肖像《しょうぞう》」

ヴェスター教授は、いわくつきの品物を好む蒐集家《しゅうしゅうか》として有名だった。フレッドが目をつけていた『髪が伸びる女の肖像』は、その名のとおり絵の中の女性の髪が伸びるという不思議で不気味な絵画である。

「ええ、そうです。ぜひぼくの秘宝殿に仲間入りさせたいと思い、どうにかして譲《ゆず》っていただこうとあれこれ考えながら来たのですが……。困ったな。もっと気になることを聞いてしまいました」

「ああ、もしかして魔物の話？」

「ひどく浪漫《ろまん》をくすぐられる話ですね。森の中の古城、そこに棲《す》む魔物、そして村に辿り着いた美しく聡明《そうめい》で勇敢《ゆうかん》な若者……。これはもう、勇者になれと神様がぼくにおっしゃっているようなものでしょう！」

熱っぽく語ったフレッドは、あらためて教授に向き直った。

「で、具体的にどういった方向性の魔物なんですか？」

「結構困ったちゃんな方向性みたいだよ。変な要求をしてきたものだから、これから皆で話し合って対策を立てるらしい」

「要求？」

教授は首をふり、嘆《なげ》くように言った。

「金と食べ物と女を用意しろ、だってさ。俗《ぞく》っぽい魔物で嫌になっちゃうねぇ」


その城から朝な夕な不気味なうなり声が聞こえてくるようになったのは、ここ一年ほどのことだという。

といっても、その『魔物』は人里へ降りてきて悪さをするでもなく、噂《うわさ》に引かれて訪れた野次馬たちの前に姿を現すこともなかった。

動きがあったのは、つい半月ほど前のこと。件《くだん》の魔物から村人宛《あ》てに文が投げ込まれたのだ。いわく、「充分《じゅうぶん》な金と食料、生贄《いけにえ》にする若い娘《むすめ》を差し出せ」と——。

「——では、その要求を呑まなければ村を襲《おそ》うと？」

真剣《しんけん》な顔で問うフレッドに、進行役の村長はややたじろぎながらうなずいた。

「これまで、そんな要求をしてきたことは一度もなかったんだがね。城の中でうなり声を上げているだけだったのが、近頃じゃ村の近くまで来て盛んに呪《のろ》いの言葉を吼《ほ》えているし、恐《おそ》ろしくてなぁ」

「ふむ。脅《おど》しをかけてきているのかな。というか言葉をしゃべるんですか、その魔物は。何と言ってきてるんです？」

「聞いたら呪われるでな。吼え始めたのがわかると、耳をふさいで聞かないようにしとるんじゃ」

「えー、もったいないなあ。異世界への扉《とびら》を開く好機なのに」

「いや……、あの……」

信じられないといった顔で惜《お》しがる少年を、村長をはじめとした出席者は面食《めんく》らって見つめた。

「………ちゅうか、おたくどなた？」

村の小さな集会所。各家の代表が集まっている中ものすごく積極的に参加しているので誰も突《つ》っ込めずにいたが、全員が顔見知りという面子《メンツ》の中にあって彼は思い切り浮いている。

フレッドはひらりと掌《てのひら》を向けて彼らの視線に応《こた》えた。

「お気になさらず。ただの通りすがりの者です」

「いや、通りすがりって……」

そのわりにはやる気満々だ。気にならないわけがない。微妙《びみょう》な顔つきで目を見交《みか》わす村人たちを見て、一緒にいたマリーが慌てて紹介《しょうかい》する。

「父の昔の生徒さんで、うちに泊《と》まってらっしゃるんです」

「ああ、先生の……」

「それで、魔物の目撃《もくげき》情報は」

あくまでそちらにしか興味のないフレッドは、強引《ごういん》に話を戻す。その真剣な様子につられ、村長も深刻な顔になった。

「何かがいる気配はするものの姿はとうとう見えなんだ。州庁に嘆願書《たんがんしょ》を出して、討伐隊《とうばったい》を出してもらったりもしたんじゃが……」

「兵隊なんか当てにならねえ！　好きなだけ飲み食いした挙げ句、なんのかんのと理由をつけて金を巻き上げるし、結局魔物は退治できねえし」

壮年《そうねん》の男が憤然《ふんぜん》と口をはさむ。フレッドはふと表情をあらためてその男を見た。

「お金を？　報酬《ほうしゅう》ということですか？」

「あいつらは俺らから金を取り上げて、役所に納めず自分の懐《ふところ》に入れてるんだ。そのくせ仕事はしないで逃げ帰っちまうんだからな」

「そうこうしてるうちに魔物が近くの村で暴れ始めたっていうだろ。とうとううちの村にまで呪いの投げ文がきて、ほとほと困ってたところなんだ」

「でも若い娘を差し出せってのはな……。村の娘はみんな自分の子どもみたいなもんだし、生贄になんてやれねえよ」

腕組《うでぐ》みをして考え込んでいたフレッドは、村人たちの声を聞くにつれ険しい顔つきになった。

「許せないな……。困っている人の弱みにつけこんで小銭《こぜに》を稼《かせ》ごうだなんて、正義に反する。それにその魔物とやらも小物すぎだ。強敵を倒《たお》してこそ勝利の価値もあるというのに。ぼくの浪漫に対する裏切り行為《こうい》だよ、これは」

拳《こぶし》をふるわせ憤然とぶちまけたフレッドは、やがて使命感に燃える目をして一同を力強く見回した。

「皆さん、この件はぼくに任せていただけませんか。この美貌《びぼう》に誓《ちか》って、古城の魔物を退治してみせましょう」

村人たちは顔を見合わせた。

「いや、でも……」

「ご心配なく。ぼくに出来ないことはこの世に一つもありません。神様がぼくの味方なら、きっと皆さんを救ってくださるはずです」

断言する彼を見て、村人たちの顔に期待感が浮《う》かぶ。

「そこまで言うなら……、なあ？」

「どこのどなたか知らないけど、お願いしてみようかしらねえ」

「つーか、ほんとにアンタ誰《だれ》なの」

「皆さん！　ぼくが魔物を倒したあかつきには、勇者フレデリックの名を近隣《きんりん》に広めることをお忘れなきよう！」

自信満々で揚々《ようよう》と宣言するフレッドに、村人たちはもう彼の正体云々《うんぬん》はどうでもよくなってきた。

「打倒《だとう》魔物――――!!」

「お……おお――――!!」

始まった時とは打って変わって、村の集会は大盛り上がりで幕を閉じた。


ユーシスは、ようやくその村へと辿《たど》り着いた。特命を受けて隣国《りんごく》シアランへ潜入《せんにゅう》した帰り道、濃《こ》い霧《きり》に遭《あ》ってはぐれてしまった上官を捜《さが》して三日目の昼である。

(隊長殿《どの》はご無事だろうか)

まだ十六歳の若き上官は、隠棲《いんせい》した大学時代の恩師を訪ねると言っていたが、はたして無事に目的地に辿り着くことができたのか。途中《とちゅう》で獣《けもの》や賊《ぞく》に遭遇《そうぐう》してはいないか。

(はぐれてしまったことが、つくづく悔《く》やまれる……!)

くっ、と彼は拳を握《にぎ》り締《し》めた。

王宮では常に婦人たちに囲まれ、華《はな》やかな生活を送る上官のことを、陰口《かげぐち》をたたく者もいる。それでもユーシスにとっては、剣術《けんじゅつ》しか取り柄《え》のない貧乏《びんぼう》貴族出身の自分を、栄誉《えいよ》ある王女の騎士に取り立ててくれた恩人なのだ。

(隊長殿がご婦人方といつも戯《たわむ》れておられるのには、何か深いお考えがあるんだ。あの方は単なる遊び人じゃない)

国王や王太子に信頼《しんらい》されている理由を知っているユーシスは、ほとんど心酔《しんすい》に近い念を隊長に抱《いだ》いている。早く行方《ゆくえ》をつかまなければとその一心で、村に入って最初に出会った男に声をかけた。

「——失礼。こちらにヴェスター教授という方が住んでいらっしゃるはずなのですが、ご存じありませんか?」

薄《うす》い金髪《きんぱつ》に眼鏡《めがね》をかけた若い男は、不機嫌《ふきげん》な顔つきでユーシスを見た。

「知っているが、教授に何の用だ」

「実は、人を捜しておりまして——」

「あれっ、ユーシス？」

聞き覚えのある声が割って入り、ユーシスははっと振り向いた。そして驚愕《きょうがく》に目を瞠《みは》った。

「たっ……隊長殿——————!!」

彼の尊敬する上官は確かにそこにいた。広場のベンチに陣取《じんど》り、若い女性たちを二十人あまりもはべらせている。——ものすごく見覚えのある光景だ。

「遅《おそ》かったね。無事でなによりだけど、一人かい？　アンジェリカとルドヴィックは？」

拍子抜《ひょうしぬ》けして思わず膝《ひざ》をつくユーシスに、少女たちの黄色い声に囲まれた上官は爽《さわ》やかに労《ねぎら》いの言葉をくれた。


ヴェスター邸《てい》の客間にて、一息つく間もなくユーシスは隊長の勇者計画を聞かされることになった。

「まっ……、魔物退治でありますか!?」

うん、とあっけらかんとうなずいて、フレッドは話を続けた。

「ユーシス、南のほうから来たって言ったよね。古い城があったと思うんだけど、何か気づかなかった？」

「城というと、建国時に廃城《はいじょう》になったノーマストーヴ城跡《あと》でありますね。近くを通りましたが、獣の鳴き声がするだけで特に変わったところは見受けられませんでしたよ」

「たぶん、その鳴き声っていうのが魔物の声だと思うんだよね」

「えっ！　そ、そうなのでありますかっ」

青ざめるユーシスを、フレッドはさらに追及《ついきゅう》する。

「人がいる気配はなかった？　明かりがついていたとか」

「いえ、自分が通ったのは朝方でしたので……。兵士が一人で見回りしておりましたが」

「兵士？　って、どこの？」

「州都の衛兵です。——それが何か？」

急に真顔になったフレッドを、ユーシスは不思議そうに見る。

「——ユーシス。疲《つか》れているところ悪いんだけど、ちょっと頼《たの》まれてくれないかな。州都の長官に確かめたいことがあるんだ」

「と、おっしゃいますと」

「今の時期、近隣のどの村も出動要請《ようせい》はしていないと聞いてる。なのに、これまで魔物に怖気《おじけ》づいて何の役にも立たなかった兵が、自分から出てくるものかな」

「何か裏があるとお考えなのですか？」

「取《と》り越し苦労ならそれでいいんだ。でも、今まで距離《きょり》をとっていた魔物が急にあれこれ要求してきたっていうのが気になる。しかも金品に食料に美女って、どこかの安っぽい山賊《さんぞく》みたいじゃないか」

はき捨てたフレッドを見て、ユーシスは彼が不機嫌な理由にようやく気がついた。

「隊長殿……、魔物の正体が山賊かもしれないので、腐《くさ》っていらっしゃるんですね……？」

「いいや、伝説の魔物は必ずいる。ぼくは絶対に勇者になるんだ！」

駄々《だだ》っ子のように言い張り、フレッドはペンと便箋《びんせん》を引き寄せた。

「ロイデンベルク市まで、ここからどれくらいで行ける？」

「飛ばせば、馬で半日ほどでは」

「じゃあ、あさってまでに帰ってきてくれ。きみが戻《もど》り次第《しだい》、古城に殴《なぐ》り込みをかける」

きっぱりと宣言し、フレッドは州長官への手紙をつづるべくペンを走らせた。


「本当にいつもすみません。父がご迷惑《めいわく》をかけてばっかりで……。これじゃいつになっても大学に戻れませんよね」

宿屋の入り口で申し訳なさそうに頭をさげるマリーに、レオンは決まり悪さを仏頂面《ぶっちょうづら》に隠《かく》しながら答えを返した。

「別に……、きみが謝ることじゃない」

毎日のように怪奇扮装《かいきふんそう》をして教え子たちを驚《おどろ》かす教授に、情けなくも毎回度肝《どぎも》を抜《ぬ》かれている。失神することも珍《めずら》しくはなく、そのたびにマリーが謝りにくるのがとてつもなく居たたまれない。

「魔物の件さえ解決すれば、きっとお父さんも諦《あきら》めて王都に帰ると思うんですけど……。フレッドさんは本当にやるつもりなのかしら」

マリーは心配そうにため息をつく。その口調にフレッドへの信頼と期待がにじみでているのを感じ、レオンは少々かちんときた。

「マリオン君、きみはあの男に好意的なようだが——」

「マリーでいいって言ってるでしょ」

「……恩師の娘《むすめ》さんを、そんな軽々しい愛称《あいしょう》で呼ぶのは憚《はばか》られる」

「他《ほか》の皆さんはマリーって呼んでくれてますけど」

痛いところを突《つ》かれ、レオンは言葉に詰《つ》まる。そう呼びたいのはやまやまなのだが、多大な緊張《きんちょう》に阻《はば》まれてどうしても実行できないのだから仕方がない。

「…………とにかく、会ったばかりの男を気安く信用するのは感心しないな。むやみに懐《なつ》くのもやめたほうがいい」

マリーはきょとんとしてレオンを見た。それから心なしか嬉《うれ》しそうな顔になる。

「もしかして、やきもちですか？」

いきなり図星をつかれ、レオンの頭に血が上った。

「大人をからかうな。きみの将来を思って助言しているだけだ。年長者の義務のようなものだ」

内心慌《あわ》てながら言い張ると、マリーはみるみる不機嫌な顔になった。

「わたしはもう十八です、あなたが思ってるほど子どもじゃありません！」

目をつりあげて叫《さけ》ぶと、止める間もなく飛び出していく。

後ろ姿を見送って、レオンはがくりと肩《かた》を落とした。


家に戻り、夕食の支度《したく》のため厨房《ちゅうぼう》へ行こうとしたマリーは、食卓《しょくたく》にいるフレッドに気がついた。いつになく真面目《まじめ》な顔でペンを走らせている。

「お勉強ですか？　それともお仕事？」

豆茶を淹《い》れてもっていくと、彼は微笑《ほほえ》んで顔をあげた。

「観察日記だよ」

「何か研究を？　植物とか……」

「いや。ぼくがこの世で一番好きな人」

当たり前のように答えたフレッドを、マリーは思わず見つめる。にこり、と笑《え》みを返された。

「妹のことなんだけどね」

「まあ、妹さんの」

「そう。ぼくにそっくりで最高に美しく、そして行動がいちいちかわいすぎる。観察日記でもつけなきゃやってられない」

よくわからない理屈《りくつ》だ。でもどこか微笑ましくて、マリーは思わず笑った。

「うらやましいわ。わたし一人っ子だから、兄弟が欲しかった。きっと楽しいでしょうね」

「楽しいよ。別々に暮らしてるからなかなか観察できないのが難点だけど、離《はな》れてるときは妄《もう》想《そう》日記をつけて楽しむという方法も見つけたしね。詩を作ったり毎日手紙代わりに思いをつづったり、楽しみ方は際限なくある」

そう言って彼は書きかけの日記をマリーのほうへ開いてみせた。

「よかったら見る？　全頁挿《さ》し絵つきだよ。絵を描《か》くのが趣味なものだから」

「いいんですか？　わあ……」

絵画が趣味などという風流な男性に出会ったのは初めてだ。マリーは少々感動しながらそれを受け取ったが、その笑顔はすぐさま固まった。

そこに描かれていたのは、三角形に棒がいくつか生えた物体だった。周囲には渦巻《うずま》き模様やしずく模様が無数に鏤《ちりば》められている。

「………これは……嵐《あらし》の中の山小屋……ですか？」

どうにか解釈《かいしゃく》をひねり出して言ってみると、フレッドはおかしそうに笑い出した。

「あははは……、随分《ずいぶん》ひねった見方をするんだね。それは素直《すなお》に見たまま、妹の肖像画《しょうぞうが》だよ」

「はい!?」

マリーは目と耳を疑った。いくら凝視《ぎょうし》しても、とても人間を描いているようには見えない。彼なりの冗談《じょうだん》かと思いながら他の頁も見てみるが、どこもかしこも記号を組み合わせただけの不可解な画像で埋《う》まっている。

「あの子の美しさは点と線では表しきれないんだ……。かつて絵画の成績が学年で五本の指に入ったこのぼくでさえも悩《なや》ませるほどに、ね……」

悩ましげに嘆息《たんそく》する彼は、自分の絵の才能については何も疑問を抱《いだ》いていないようだ。

「すごく前衛的な外見の妹さん……ということでいいのかしら」

「見た目はぼくにそっくりだよ。双子《ふたご》なんだ。ぼくが困ってるとやってきて、非難囂々《ごうごう》ながらも身代わりになってくれる、とっても優《やさ》しい女の子でね」

「身代わり？」

「男装してぼくのふりをして、いろいろ頑張《がんば》ってくれるんだよ。おかげでぼくは心置きなく自分の仕事ができるし、本当に感謝してる」

「まあ……」

男装したうえ、この兄の身代わりとして生活しなければならないなんて。私生活を想像したマリーは彼の妹が激しく不憫《ふびん》になった。だがフレッドの笑顔がいつもより優しいように見えて、意外な思いで目を瞬《またた》く。

「ひょっとして、マリーって妹さんですか？　好きな名前だっておっしゃってましたよね」

「ああ、それは別の人。四番目に好きな女性のことだよ」

「……四番目？」

「普段《ふだん》は表立って呼べない名前だから、きみの名を呼ぶ時はちょっとどきどきしちゃうな。ある意味背徳《はいとく》的で禁断な感じがたまらない」

理解できなかったので、マリーは半笑いで受け流すことにした。

「好きな女性がたくさんいらして、楽しそうですね……」

「きみはあまり楽しそうじゃないね。恋《こい》する人が追いかけてきてくれたのに」

「――え？」

「わざわざ大学を休学したうえ、歴史専攻《せんこう》のくせに魔物の研究だと言い張って移住してきた、怖《こわ》がりやの彼のことだよ」

マリーは目を瞠《みは》り、フレッドを穴のあくほど見つめた。それからみるみる真っ赤になった。

「な、何の話で……、わたしは別に……、レオンハルトさんだって全然そんな……」

「いや、きみたちバレバレだから。出会って二日目のぼくにもわかるくらいだから相当だよ」

「……っ、…………でも」

熱くなった頰《ほお》をおさえ、マリーはうつむいたまま消えそうな声で言った。

「いつも子ども扱《あつか》いするんですよ。きっと眼中にないんだわ。あの人の中では、わたしはずっと十二の子どものままなんです」

その証拠《しょうこ》に、出会ってから六年が過ぎたというのに彼の態度は何も変わらない。彼を「おじさん」呼ばわりするのは子ども扱いが悔《くや》しいからだったが、そのたびに距離《きょり》が開いていくような気がしていた。

「いやー、とてもそうは見えないけどねえ」

「それに……父も反対してますし」

「教授が？」

意外そうにフレッドは目を見開いた。

「ええ。いちいち悲鳴をあげたり腰《こし》を抜《ぬ》かしたりするようなやつに娘はやれんって。個人名は出しませんけど、あの人しかいないでしょ」

フレッドは軽く苦笑《くしょう》した。それから、悪戯《いたずら》っぽい瞳《ひとみ》をして身を乗り出した。

「マリー、あの朴念仁《ぼくねんじん》の本当の気持ちを知りたいかい？」

「え？」

「ぼくは今まで一度しか賭《か》け事に負けたことがないんだ。縁起《えんぎ》をかついで、一つやってみようよ」

戸惑《とまど》うマリーに、フレッドはにこやかに内緒話《ないしょばなし》を持ちかけた。

その発言は二日後の夕食の席で起きた。

「教授。ぼくと賭けをしてくださいませんか？」

ヴェスター邸《てい》の食堂はいつになく賑《にぎ》わっていた。普段は宿で寝食《しんしょく》をとる教え子たちを、珍《めずら》しく教授が自宅へ招いたからだ。

「きみにそう持ちかけられるのは久しぶりだなぁ。いいとも。どんな賭けだね」

ぶどう酒を飲んでいた教授が上機嫌《じょうきげん》で受ける。フレッドは微笑んで続けた。

「ぼくが古城の魔物《まもの》を退治できるか否《いな》か——でどうです？」

「ほほーう。完全に勝算があるんだな。で、何を賭ける？」

「髪《かみ》が伸《の》びる女の肖像《しょうぞう》を」

「やっぱりそうきたか。いいだろう。きみが勝ったらあれをあげるよ」

「それから」

「まだあるの？」

「娘《むすめ》さんをぼくにください」

「ブホォッ！」

レオンがスープを吹《ふ》き出した。他《ほか》の面々も唖然《あぜん》として手を止める。

「ぼくならどんな怪奇《かいき》扮装《ふんそう》も怖《こわ》くないですし、いちいち腰を抜かしたり気絶したりなんて面倒《めんどう》な反応もしませんし。立派なお婿《むこ》さんになれると思うんです」

口元をぬぐっていたレオンが、ひくっ、と頬を引きつらせる。それを無視してフレッドはマリーの肩を抱き寄せた。

「ねえマリー、ぼくたちはうまくやっていけると思うんだ。歳も近いし、何よりきみのお父さんとぼくはとっても仲良しだしね」

「はあ……」

マリーの視線がそろりとレオンのほうへ動く。匙《さじ》を握《にぎ》り締《し》めたまま一点を見つめている彼を見て、小さくため息をこぼした。

ぶどう酒を飲みながら成り行きを見守っていた教授が、ことりと杯《さかずき》を置く。

「いいよ。娘もやろう」

「なっ……、教授！」

「では決まりですね。魔物を倒《たお》した勇者には、褒美《ほうび》として姫君《ひめぎみ》の夫となる権利が与《あた》えられるということで」

マリーの手をとり、フレッドは見せ付けるように指に口づける。にやりと笑《え》み、立ち尽《つ》くすレオンを流し見た。

「臆病者《おくびょうもの》には永遠に味わうことのできない勝利の味だな」

「…………っ」

レオンの頭に血が上った。自分が三年かけても言えなかったことをあっさり要求したぽっと出の男に、彼は軽く殺意を覚えた。

(許さん……。断固阻止《そし》する!!)

「教授！　実は自分もお嬢《じょう》さんのことが——」

部屋中の視線が集まる。マリーと目が合い、彼は思わず言葉を呑《の》みこんだ。

「何か言いたいことでも？」

高圧的にうながすフレッドを、レオンはぎろりとにらみつけた。

「ああ、あるとも」

「聞こうじゃないか」

「俺もその賭けに参加する」

「……え？」

「魔物を倒せば、姫の夫になれるんだろう。……っだから、俺も魔物退治に行くと言っているんだ！」

ほとんど一生分に近い勇気をふりしぼり、レオンはフレッドに宣戦布告した。


「隊長殿《どの》は、本当にこちらのお嬢様を奥方にお迎《むか》えになるのでありますか」

夜更《よふ》けの客間。州都から戻《もど》ったばかりのユーシスは、真面目《まじめ》な顔で切り出した。

寝台《しんだい》に寝《ね》そべり、彼が持ち帰った州長官からの返書を読んでいたフレッドはあっさり答える。

「そんなわけないだろ。花嫁《はなよめ》を連れ帰ったりしたら、都のあちこちで暴動が起きるじゃないか」

「ではなぜあのようなことを？　あまりうまいやり方とは思えないのですが」

「わざわざ恨《うら》みを買うような真似《まね》をするなって？」

フレッドは笑って肘枕《ひじまくら》になり、隊内では数少ない常識派の部下を見やった。

「ユーシス。きみは確か甘いものが好きだったよね」

「は？　はあ、それが何か？」

「いくら大好物だからって、毎日毎日甘いものだけ食べてたら飽《あ》きるだろ？　たまには塩辛《しおから》いものが欲しくならない？」

「まあ……それはそうでありますな」

「つまりそういうことだよ。ぼくも常に正義の味方でいるのに飽きていたんだ。それでたまには悪役をやってみたくなったのさ。二人の今の心境を思うと胸がときめいてしょうがない……」

クックックと悪役笑いをするフレッドを、ユーシスはしみじみと眺《なが》めた。

「隊長殿は、真性のひねくれ者でありますなあ……」

「言っとくけど、遊んでるわけじゃないんだよ。実はもう一つ賭けをしてる」

「賭け、でありますか？」

「そう」

フレッドは天井《てんじょう》を見上げてつぶやいた。

「こっちの賭けも、きっとぼくが勝つよ」


翌日。フレッド、レオン、ユーシスの魔物討伐隊《とうばつたい》は、夕暮れ時に古城の近くへ辿《たど》り着いた。

森に抱《いだ》かれたぼろぼろの石造りの城は、濃《こ》い黄昏《たそがれ》に彩《いろど》られて不気味な様相を呈《てい》している。

「あれが噂《うわさ》のうなり声か……。確かにちょっと不気味だね」

かつて城門だったであろう倒れた石柱に足をかけ、フレッドはつぶやいた。獣《けもの》の咆哮《ほうこう》のような、そのあたりには、低く地を這《は》うような声が空気を震《ふる》わせ鳴り響《ひび》いていた。獣《けもの》の咆哮《ほうこう》のような、それでいて時折人間の言語らしきものも混じって聞こえる。

「狼《おおかみ》や山犬じゃなさそうだし、といって普《ふ》通《つう》の人間とも考え難《がた》い。ということはやはり魔物の類《たぐい》だろうけど、該当《がいとう》する特徴《とくちょう》を持つ魔物は化け物事典や怪物《かいぶつ》全集にも載《の》っていない……。これはひょっとして、歴史にのこる大発見をしてしまうんじゃないだろうか。やはりぼくは英雄《えいゆう》になる運命なのか……！」

持参した愛用の事典をバタンと閉じ、わくわくした様子で古城へと目を戻すのを見て、レオンは喉《のど》の奥が引きつるのを感じた。

（なぜそんなに楽しそうなんだ……）

宿の自室に遺言状《ゆいごんじょう》までのこしてきた自分が馬鹿《ばか》らしくなってきたが、隣《となり》を見ればユーシスも青い顔でがたがた震えている。どう考えてもこの状況下《じょうきょうか》ではこちらの反応をする人間がまともだろう。

「ユーシス、剣《けん》の調子は？」

「は……はっ、良好であります！」

「よし。じゃあ行こう」

ためらうことなくフレッドは歩き出す。置いていかれてはかなわないとばかりに、ユーシスとレオンは慌《あわ》ててあとを追いかけた。

崩《くず》れかけの階段をのぼって中へ入る。当然明かりなどなく、三人がそれぞれ手にするランプだけが頼《たよ》りだ。

いつの間にか、うなり声は止《や》んでいた。深い森の中にあるせいか、城の中は不気味なほどに静寂《せいじゃく》だった。背中がぞわぞわするのを紛《まぎ》らわせようと、レオンは自分のことは棚《たな》に上げて悪態をついた。

「おまえ、そもそも剣が扱《あつか》えるのか？　騎士《きし》団長だか何だか知らないが、そんなに生っちょろい体つきで」

「きみには言われたくないけど、でも確かにその通りだ。剣はあんまり得意じゃない」

前を行くフレッドがため息まじりに答える。実は頼りにしていたレオンは少し焦《あせ》った。

「だが、曲がりなりにも騎士だろう？　一応帯剣しているようだし」

「ああ、これね。持ち歩いてないと給料減らされるから」

「し、しかし、貴族の子弟《してい》たるもの、幼少時からそういう教育は受けているだろう。学院でも剣術は必須《ひっす》じゃないのか」

「でも剣術の成績は下から数えたほうが早いくらいだったし……。まあ、ぼくの肖像画《しょうぞうが》を賄賂《わいろ》として贈《おく》ったら、卒業させてくれたけどね。学院長室に飾《かざ》ってくださいって持っていったら、頼《たの》むから今すぐ卒業させろって剣術の先生に言ってくれてさ。あの学院長先生はいい人だった」

「おまえ……っ、俺を不安にさせようとわざと言ってるだろう！」

どうでもいい思い出話を披露《ひろう》されてレオンは逆上したが、後ろにいたユーシスが申し訳なさそうに口をはさんだ。

「いえ、それは事実です。ちなみに肖像画は学院長室ではなく、図書室と音楽室と美術室に飾ってあるそうです」

「何枚贈ったんだ⁉　学院長の迷惑《めいわく》も考えろ！」

まったく面識のない学院長に同情するレオンをよそに、フレッドは小言などどこ吹《ふ》く風で平然と振《ふ》り向いた。

「心配いらないよ、だからユーシスがいる。彼は白百合《しらゆり》騎士団の中でも一、二を争う剣豪《けんごう》だ。ちょっと惚《ほ》れそうになるくらい強いよ、ほんと」

「ははっ。恐縮《きょうしゅく》であります！」

後ろでユーシスの嬉《うれ》しげな声が続く。端整《たんせい》な顔立ちに眼鏡《めがね》をかけ、いかにも堅物《かたぶつ》といった印象の彼だが、意外な一面があるらしい。いざという時には後ろを頼ろうとレオンが考えていると、前を行くフレッドが急に足を止めた。

「これ……」

何か見つけたのか、身をかがめて拾いあげる。彼が差しだした白い物体にレオンは目をやった。

「骨かな？」

「ぎゃ────っっ！」

いきなり背後でユーシスが叫《さけ》び、レオンは心臓が止まりそうになった。

「く、喰《く》われたのかっ、魔物に喰われたんだな！　というかいきなり叫ぶなっ、びびびびびびっくりするだろうがっ！」

「ももも申し訳ありませんっ！」

「二人とも落ち着いて。たぶん鳥の骨か何かだろう。このあたり一面に散らばってる」

淡々《たんたん》としたフレッドの言葉に、レオンは背筋が冷えるのを感じた。そんなことを言われては、もう絶対に下を見ることができない。

「そそそれがどうしたというんだ、敵が肉食だと判明して嬉しいのかっ」

「いや、これは明らかに人間が食べたものだよ。そこに焚《た》き火の跡《あと》もあるし、かじりかけの果物まで落ちてる」

「隊長殿、ではやはり……！」

身を乗り出したユーシスに、フレッドは冷静な顔でうなずいた。

「ここで生活してる人間がいるな。それも複数」

「どういうことだ。何か心当たりがあるのか？」

レオンが詰《つ》め寄った時だった。

『だから言ったんだよ。人の話きかねーから』

どこからともなく野太い男の声がして、三人は息を呑《の》んだ。

『オレが忠告してやったのに、おまえら無視したんじゃねーか。自業自得《じごうじとく》だっつうの』

ついさっきまで響いていたうなり声と同じ声だ。しかし姿はどこにも見当たらない。

緊迫《きんぱく》した顔で視線をめぐらせたフレッドは、はっと頭上を振り仰《あお》いだ。

「ユーシス、上だ！」

影《かげ》が矢のように降ってくる。

すばやく鞘《さや》から抜《ぬ》いたユーシスが、目にも留まらぬ速さで剣を閃《ひらめ》かせた。ぎゃいん、という鳴き声と、何かがぶつかる鈍《にぶ》い音が続く。

「——仕留めたか」

「刀身に当てただけです、まだ生きています」

さっきまでのへっぴり腰《ごし》はどこへやら、ユーシスがきびきびと答える。

「止《と》めをさしますか、隊長殿《どの》」

「待った。——こっちに来る」

鋭《するど》く制し、フレッドは目を凝《こ》らした。ひきずるような音とともに暗がりから何かが近づいてくる。

薄明《うすあ》かりの下、最初に見えたのは男の顔だった。髪の長い、気難しそうな中年の男だ。

しかし、人間の顔にしてはやけに低い位置に現れた気がした。まるで這いずって出てきたかのように、不自然なほど地面に近い。

その奇妙《きみょう》さに眉《まゆ》をひそめたフレッドは、次の瞬間愕然《がくぜん》と目を瞠《みは》った。

「……これは……」

——男には、身体《からだ》がなかった。

いや、あるにはあった。だが、顔の下にあるのはどう見ても人間の身体とは認識《にんしき》しがたい、ふさふさとした毛並みの犬のような体軀《たいく》——。

『いってーな、コラ。後ろ脚《あし》ひねっちまったじゃねえかよ』

犬の肢体《したい》に人間の顔をした魔物が、流暢《りゅうちょう》な言葉で苦情を言う。

——一瞬《いっしゅん》の後。

「ぎえ——————!!」

「出たぁ——————!!」

「あはははははははは!!」

絶叫《ぜっきょう》と爆笑《ばくしょう》が、夜の古城を震《ふる》わせた。

『だからよ、オレはここに棲《す》んでるだけで、別に人間をどうこうしようとか考えてないわけ。魔物のふりして金と女をよこせって言ってきたやつら、いるだろ？　あいつらの悪行を教えてやろうと思って村まで行っただけなんだって。なのにおまえらが無視したんじゃん。オレ全然悪くないじゃん……、っておい、聞いてんのか、てめえ』

人面獣身《じんめんじゅうしん》の魔物は迷惑そうに顔をしかめた。状況を説明しろと言われたからやっているのに、そう命じた当人は目を輝《かがや》かせてこちらを観察しては、思い出したように一人で爆笑している。

『おい、コラ。聞けって言ってんだよ』

「ああ……、ごめんよ。あまりにも衝撃《しょうげき》が大きすぎて自分を見失うところだった」

笑いすぎて出てきた涙《なみだ》をぬぐい、フレッドは魔物に向き直った。

「つまりきみは、古城に巣くう賊《ぞく》のことを村の人に知らせようとして近くまで行ったと。魔物じゃなくて英雄《えいゆう》じゃないか。なんていい人……いや、いい犬………いい人面犬なんだろう」

『なんでもいいわ。好きなように呼べ』

鼻じろんだ顔で言い捨てた人面犬は、うさんくさそうにフレッドを見た。

『おまえ、オレが怖《こわ》くないのか。つーか少しは怖がれ。あいつらみたいに』

視線をむけた先では、遠くのほうでレオンとユーシスが震《ふる》えながら抱《だ》き合っている。

フレッドは、フッと笑って首を振った。

「いや、むしろ自分が怖いよ。きみのような奇跡《きせき》の存在にめぐりあってしまったなんて……。やっぱりぼくは選ばれた人間なんだろうか」

『あー……わかった。おまえバカなんだ。久しぶりにまともに人間と会話できたってのに、バカが相手じゃしょうがねえ』

「それはどういうことだい、ベルワルフ。何か困ってることでもあるの？」

『勝手に名前つけんな。つーかそれ怪物《かいぶつ》の名前じゃねえか。ふざけんなよ』

「だって好きに呼べっていうから。じゃシーアリーフで」

『それも怪物だろ。そんなにオレは醜《みにく》いってか。かみ殺すぞコラ』

「隊長殿ーっ！　離《はな》れてください危険ですーっ！」

不穏《ふおん》な空気を察したのかユーシスが必死の形相で遠くから叫ぶ。しかしフレッドは気にせず人面犬の前に片膝《かたひざ》をついた。

「だったら名前を教えてよ。あるんだろう？」

ぶつぶつと鬱陶《うっとう》しげに反論していた人面犬は、少しさみしそうな顔をした。

『……忘れた。人間の姿に戻《もど》らないと思い出せないことになってる』

「人間だったのか」

『昔はな。悪い魔術師に呪《のろ》いをかけられてこのざまだ。まだ魔法が生きてた時代の話さ』

遠い目になる人面犬に、フレッドは興奮して叫んだ。

「すごいよ、まるでおとぎ話みたいじゃないか！　ぼくは今歴史的瞬間《しゅんかん》に立ち会っているんだ！」

『いや……結構重い話なんで、あんまりはしゃがないで欲しいんだが……』

「ああ、失礼。――それで、もとには戻れないのかい？」

『魔法を解くには魔法使いでないとな。他《ほか》にも方法はあるけど、一時的なもんらしいし』

「どうやるの？」

『おとぎ話が好きならわかるだろ』

フレッドは、ぽんと手をたたいた。

「王子様もしくはお姫様《ひめさま》のキスか」

『ま、そんなとこだ』

「……してみていい？」

人面犬は心底嫌《いや》そうな顔になった。

『野郎《やろう》にやられるなんてご免《めん》だぜ。どうせなら美女がいい』

「というと、やっぱりきみは男か。人間に戻っても女の子じゃないならつまんないなあ」

フレッドは興ざめしたように嘆《なげ》いた。それからふと崩《くず》れかけの壁《かべ》の隙間《すきま》から外を見やり、腰《こし》をあげる。

「続きはあとで話そう、人面犬君。山賊《さんぞく》たちが帰ってきた」

夜の闇《やみ》を、いくつかの明かりが揺《ゆ》れながら城へ向かってくる。人面犬にとってはここ一月《ひとつき》ほどで見慣れた光景だった。

『どこかで一仕事終えてきたな』

「らしいね。――ユーシス、行こう」

呼びかけに、ユーシスがこわごわ近づいてきた。顔つきが変わったフレッドを人面犬は怪訝《けげん》そうに見上げる。

『やりあうつもりか？　その細腕《ほそうで》で』

「ぼくの領内で勝手なことをされちゃ困るんでね。本当は魔物を退治して勇者になるはずだったんだけど、きみとは友達になれそうだし」

品のない笑い声が聞こえてくる。フレッドはそちらに鋭《するど》い視線を向けた。

「今夜は正義の味方演出で我慢《がまん》することにしよう。——レオン、きみは彼と一緒《いっしょ》にここにいて」

言い置くと、フレッドはユーシスと一緒に外へ出た。


ねぐらにしている古城へ戻ってきた山賊たちは、頭上に現れた人影《ひとかげ》に気づいて足を止めた。

月明かりの下、帽子《ぼうし》をかぶった少年が深いため息をついて首を振る。

「きみたちには失望したよ……。散々期待させておいて、正体は山賊でしたってさぁ。なんでそんな回りくどいことするの。わざわざ魔物を騙《かた》る必要ないだろ？　小心者なんだか浪漫《ろまん》がわかる者がいるのか知らないけど、世の中には本気で勇者を夢見ている青少年がいることを忘れてもらっちゃ困る。本当にがっかりだ」

「…………何だおまえ？」

突然《とつぜん》現れてわけのわからない言いがかりをつける彼に、山賊たちは面食《めんく》らった。

「とにかく。きみたちのやっていることは、人道に悖《もと》る卑劣《ひれつ》な行為《こうい》に違《ちが》いない。天に代わって、このベルンハルト伯爵《はくしゃく》が成敗してくれる！」

ひとしきり愚痴《ぐち》を言って気を取り直したフレッドは、唖然《あぜん》としている山賊たちに向かって、

「とうっ！」と城壁の上から飛び降りた。同時に横へ回っていたユーシスが斬《き》りかかり、よう

やく襲撃《しゅうげき》されていると理解した山賊たちが慌《あわ》てて応戦を始める。

――勝敗は、実にあっけなくついた。

所詮《しょせん》ごろつきの集まりでしかなかった山賊たちは、王宮騎士《きし》二人の前にあっさりとお縄《なわ》につくことになった。


山賊は、夜が明けて州都から派遣《はけん》されてきた長官直属の衛兵に引き渡《わた》された。

一部の衛兵がごろつきの集団と関《かか》わって、山賊まがいの行為をしていたことが発覚したわけだが、それを咎《とが》めるのは領主であるフレッドではなく州長官の仕事だ。口をはさまないでくれという意思表示なのか、それとも借りを返したつもりなのか、「討伐隊《とうばつたい》が魔物を退治した」と長官が連絡《れんらく》してくれたおかげで、三人は村へ戻ると熱烈《ねつれつ》な歓迎《かんげい》を受けた。

「――賭《か》けは、俺の負けだな」

帰り支度《じたく》をするフレッドのもとに、傷の手当てを終えたレオンが仏頂面《ぶっちょうづら》でやってきた。

「結局何もできなかった。この怪我《けが》も勝手に自分で転んだだけだしな。それに比べておまえは賊退治もしたし、人面犬と友達にもなるし、たいしたやつだ。負けを認めるしかない」

自嘲《じちょう》気味にそう言った旧友に、フレッドはゆっくり首を振った。

「いや。もうちょっと頑張《がんば》ってくれないと、ぼくの完全勝利にはならないよ」

「何……？」

　怪訝そうに問い返したレオンは、部屋に入ってきたマリーを見て頬《ほお》をこわばらせた。明らかに目が赤い。討伐隊の無事を一晩中祈《いの》っていたのだと聞いたのを思い出し、レオンはうろたえた。

「レオンハルトさん……」

「な、なんだ、マリオン君」

「……もうおじさんなんて呼ばないから、わたしのことも子ども扱《あつか》いしないでください……」

　瞳《ひとみ》をうるませ、うつむきがちに口を開いたマリーは、それだけ言うとぐすぐす鼻をすすり始めた。

「あーあ、泣かせたー」

「なっ……」

　フレッドはにやりと笑い、焦《あせ》るレオンの肩《かた》に手を回して耳打ちする。

「賭けに参加するって申し出た時点で、きみは勝負に勝ったんだ。泣かせた責任は取りなよ」

「……」

　レオンは夕食の席で宣言した自分を思い出し、くっと歯をかみしめた。

　――ここまできたら、もう言うしかあるまい。

「…………きみを子どもだと思ったことは、実は一度もないんだ。マリー」

　初めて愛称《あいしょう》で呼ばれ、マリーは驚《おどろ》いて顔をあげた。

赤い顔をして盛大に汗《あせ》をかいているレオンを、珍《めずら》しいもののようにまじまじと見つめ、それから嬉《うれ》しげに笑った。


「なんだか、すごく良いことをした気がする」

ヴェスター邸《てい》をあとにしたフレッドは満足げにつぶやいた。

教授に別れの挨拶《あいさつ》をした際に『髪《かみ》が伸《の》びる女の肖像』も譲《ゆず》り受けたし、不器用すぎる旧友の恋《こい》も成就《じょうじゅ》したようだし、思い残すことは何もない。

「隊長殿《どの》、本当にいいのでありますか？」

「何がだい、ユーシス」

「いえ、ですからその、背中の……」

薄気《うすき》味《み》悪《わる》そうにユーシスが言いかけた時、行く手に馬車が近づいてきた。

辺境の村に似つかわしくない立派な馬車は、二人の前でゆっくり停《と》まる。間髪《かんはつ》入れず、勢いよく扉《とびら》が開いた。

「捜《さが》しましてよ、フレデリックさま！　さあ早くお乗りになって」

笑顔《えがお》で迎《むか》えてくれたのは、栗《くり》色の巻き毛の丸眼鏡《めがね》をかけた女性だ。その隣《となり》には、むすりと口を引き結んだ男。——数日前にはぐれたきりの旅の連れである。

「やあ、アンジェリカにルドヴィック。久しぶりだね。面倒《めんどう》かけてごめんね」

「お二人がいらっしゃらなくて、暇《ひま》で暇でしょうがありませんでしたわ。どうせはぐれるのなら、兄様《にいさま》じゃなくユーシスさまとご一緒したかったのに」

「自分をネタに妄想《もうそう》小説を書くのはもうやめていただけないでしょうか、アンジェリカ殿……」

げんなりとなるユーシスをなだめて馬車に乗り込み、フレッドは背負っていた布袋《ぬのぶくろ》を膝《ひざ》の上に載《の》せた。

動き出す馬車の中、アンジェリカがうきうきと口を開く。

「ああ、いよいよアルテマリスに向かうのですわね。憧《あこが》れのミレーユさまに会えるんですのね」

「何を浮《う》かれているのだ。遊びにいくんじゃないんだぞ」

「あら、兄様だって会いたいくせに」

「私は若君のご様子をうかがいに行くだけだ。失礼だが伯爵の妹君にはまったく興味はない」

生真面目《きまじめ》に断言する彼に、アンジェリカは揶揄《やゆ》するような目をむけた。

「あらあら。ミレーユさまにやきもちですか。若君をとられたからって、見苦しいですわよ」

「何を言うか！　若君は女にうつつを抜《ぬ》かすような軽薄《けいはく》なお方ではない。この私がご教育申し上げた……のわあああぁ!!」

フレッドの荷物の中から中年の男の顔がぬっと出たのを見て、いつも冷静なルドヴィックがありえない奇声《きせい》を発した。

「フレデリックさま、そちらは？」

目を丸くして訊《たず》ねるアンジェリカに、フレッドはにこやかに紹介《しょうかい》する。

「古城で出会った人面犬君だよ。棲《す》み処《か》が騒々《そうぞう》しくなっちゃって気の毒だから、これを機にうちへ引き取ることになったんだ。こう見えて、元はどこぞの王家につらなる美青年らしいよ」

『オイ、伯爵。おまえと一緒に行けば元《もと》に戻る方法を見つけてやるって、本当だろうな？』

不審《ふしん》そうに見上げる人面犬に、フレッドは笑顔で答えた。

「もちろんさ。魔女の友達もいるからいろいろ訊《き》いてみるといい。魔法使えないし、男だけど」

『それ魔女じゃないじゃん……』

騙《だま》された……と人面犬がぼやく。

なだめるようにその毛並みをなでたら、『うぜえよ』とにらまれた。隣のユーシスが凍《こお》りつくほどの形相だが、それすらフレッドにはいとおしく思えた。

（ミレーユに彼を会わせたら、どんな反応をするだろう……）

彼のことを見世物《みせもの》にするつもりはまったくないが、妹の驚く様子を想像しただけで、自然と顔がゆるんでくる。

次の観察日記も楽しい記述が満載《まんさい》になりそうだ。遠い空の下に暮らす妹を思い、フレッドはひそかにほくそえんだ。

身代わり伯爵と
秘密のデート

とある冬の朝。

白百合《しらゆり》の宮では、セシリア王女の茶会に招かれた第二王子ヴィルフリートが、難しい顔でカップを口に運んでいた。

「……ふむ。今日の茶はやたら甘いな」

「お兄様⁉　それは蜂蜜《はちみつ》です！」

「ぬぅっ‼」

妹の指摘《してき》に彼は慌《あわ》てて口を離《はな》す。甘く焼け付く喉《のど》に悶絶《もんぜつ》する兄に、セシリアが急いでぬるめの茶を渡《わた》した。

「――やっぱり変ですわ。さっきから心ここにあらずで、胡椒《こしょう》を飲んだり、お皿を食べようとなさったり……。ひょっとして何かお悩《なや》みなのじゃありません？」

茶会が始まってからずっと兄の奇行《きこう》を観察していたセシリアが、改まって訊ねる。茶を一気飲みして激しく息をついていた王子は、ふうとため息を吐《は》いた。

「……実はな。男女交際のありかたについて考えていたのだ」

「――⁉」

彼の日常から最もかけ離れた悩みだ。しかし王子の顔は大真面目《まじめ》だった。

「秘密を知ったからといってやたら近づくのは下心があるようで躊躇《ためら》われるが、力になってやりたいと思う気持ちもあってな。一般《いっぱん》的にはどのあたりまで親しくしてもいいものか、思案していた」

「……奇跡《きせき》ですわ。お兄様が恋を……」

「そんな大げさなものじゃない。あくまで紳士《しんし》道の延長だ」

とは言いつつも、王子の頬《ほお》はうっすら染まっている。信じられない思いでそれを見つめていたセシリアだったが、そのうちこちらも頬を染めた。

「だったら、まずお手紙を差し上げてみたら？　これこそ男女交際の基本ですわ。ね、わたくしも一緒《いっしょ》に考えますから」

張り切る妹にそそのかされ、王子は満更《まんざら》でもなさそうにうなずいた。

「そうだな……。では一つ、心に刻《きざ》みつくようなものを書くことにするか！」


「最近、なんだかもててるような気がするのよね……」

真面目な顔でつぶやいたミレーユに、その場の全員が注目した。

「……わかってるわよ、気のせいだってことは。受け取ったのはあたしだけど、これ全部フレッド宛《あ》てだもんね」

何か言いたげな視線を感じ、ミレーユはやさぐれた様子で周囲を見渡《みわた》した。

目の前には積み上げられた恋文《こいぶみ》の山。両脇《りょうわき》には所狭《ところせま》しと重ねられている贈《おく》り物の箱。毎日のように目の当《ま》たりにしては『もてている』と思っても無理はないが、悲しいかな、それらはすべて兄のフレッドに送られたものなのだ。

「ま、もててる気分を勝手に味わってる分は自由なんじゃね？」

大卓に積まれた手紙や贈り物を慣れた様子で仕分けしながら、セオラスが笑う。周囲の騎士《きし》たちも同調して笑うので、ミレーユはむっとふくれた。

「嬉《うれ》しくないわよ、他人宛ての手紙を渡されたって……」

フレッド宛てとはいえ、実際渡されるのは兄の身代わり中のミレーユだ。突然回廊《とつぜんかいろう》で呼び止められ、頬を染めた女の子や時には男性から手紙を渡されることもある。自分宛てでないことを承知の上でも少しどきどきしてしまうのは、やはり経験がないからだろうか。

「男から手紙もらったことくらい、あるだろ？」

「あるけど、でも恋文じゃないもの」

「あれ、リヒャルトと文通してたって聞いたぞ」

急に関係のないところから名前を出され、ミレーユは少し怯《ひる》んだ。

「別に、文通ってほどじゃないわ。何度かだけだし……。普通《ふつう》の手紙だし」

「へーえ？　でも、すっげーにやつきながらお嬢《じょう》からの返事読んでたぞ、あいつ」

「えっ……」

そんなに面白《おもしろ》いことを書いた覚えはない。ごく普通の近況《きんきょう》報告だったはずだが。

にやつくリヒャルトが想像できずに黙《だま》り込むミレーユを見て、騎士たちが悪乗りし始める。

「そうそう。鼻の下伸《の》びまくってたよな」

「返事来る度《たび》にすごいはしゃいで見せびらかしてくるし」

「枕元《まくらもと》に置いて毎晩寝《ね》てたぜ」

「酔《よ》っぱらって誰彼《だれかれ》かまわず自慢《じまん》しまくってた」

にやにやしながら口々に言われ、呆然《ぼうぜん》として聞いていたミレーユははっと我に返った。

「嘘《うそ》つかないでよっ。あんなに格好いい人がそんなことするわけないでしょ!?」

すぐこうやってからかうのだから堪《たま》らない。笑いながら仕分け作業に戻る騎士たちに、ミレーユはますますふくれる。

（それにしても……、ほんとに何でフレッドばっかりこんなにもてるのかしら。そして何であたしは他人宛ての恋文整理係を務めてるわけ……？）

腑《ふ》に落ちない思いとやるせない思いとで、ため息をついた時だった。

「お。これ、お嬢宛てだぞ」

隣《となり》で仕分け作業をしていたハミルが、一枚の封書《ふうしょ》を差し出した。

「あたし？」

「紛《まぎ》れ込んでたみたいだな。その箱の上に載《の》ってたから、一緒に贈ってきたんじゃないか？」

ほら、と渡されたのは、何の変哲《へんてつ》もない白い封筒《ふうとう》だった。確かに宛名はフレッドではなくミレーユになっている。

こんなことは初めてだ。不思議に思ってしばし眺《なが》めてみたが、やがてその事実に気づき、はっと息を呑《の》む。

(うそ……、あたし宛ての恋文!?)

目の錯覚《さっかく》か、それとも幻覚《げんかく》なのか。軽くおののきながら何度も確認《かくにん》してみるが、宛名はやはり自分になっている。

十七年生きてきて初めての経験に、ミレーユはごくりと喉を鳴らした。あんなにも憧《あこが》れていたはずなのに、いざもらってみると緊張《きんちょう》のあまり指が震《ふる》える。

恐る恐る裏返してみた。だが、差出人の名前はない。

雑談しながら手紙を仕分けている騎士たちは、こちらの様子に気づいていないようだ。素早《すばや》くそれを確認し、ミレーユはどきどきしながら封を開けた。

生まれて初めての恋文。一体、どんな甘い言葉が並んでいるのだろう――?

『長らく僕を踏《ふ》みつけにしてきた卑怯《ひきょう》な抜《ぬ》け駆《が》け者め。貴様とは一度決着をつけねばと思っていた。

いつもいつも僕の邪魔《じゃま》をしてくれたな。だが僕はもう昔の僕じゃないぞ。貴様を倒《たお》すために新兵器も用意してあるのだからな!

正々堂々勝負しろ。どちらがより審美眼《しんびがん》があるか思い知らせてやる。逃《に》げたら承知しないぞ。己《おのれ》の墓を用意して待っておくことだ！』

（な……）

なんと熱い文面。しかしどう解釈《かいしゃく》しても恋文ではない。

（何これ………果たし状⁉）

いかに恋愛《れんあい》に疎《うと》いとは言え、これにときめきを覚えるほどおめでたい頭はしていない。ミレーユは呆然とその手紙を見つめ、はっと思い出して傍《かたわ》らの箱を見た。

この王宮で、フレッドではなくミレーユ相手に、一体誰が決闘《けっとう》を申し込むというのか。一緒に贈られてきたらしいこの箱を見れば謎《なぞ》が解けるかもしれない。

期待していたぶん腹立たしく、八つ当たり気味に勢いよく蓋《ふた》を開ける。

（決闘なら受けてたつけど、名前くらい書いとけってのよ。一体どこの間抜けが贈って……）

――白い猫《ねこ》と目が合った。

本物の猫ではない。人が頭から被《かぶ》れるくらいの大きさの、作り物の猫の頭部だ。その下には同じく白い毛皮、もとい着ぐるみがたたんである。

そして、額に添《そ》えられたカード。

『ミレーユ嬢、この猫は僕の気持ちだ。

十二時に南薔薇園の噴水《ふんすい》の前で待っている。

青薔薇の王子より』

(な……何で――――――――!?)

彼に恨《うら》まれる覚えといえば、超激不味《ちょうげきまず》い自作のパンを食べさせてしまったこと、それとフレッドと時々入れ替《か》わっていたのがばれてしまったことしか心当たりがない。しかしつい先日までものすごく親切な対応を受けていたのに、なぜ急に掌《てのひら》を返されたのか。しかも果たし状では貴様呼ばわりなのに、カードの文面は優《やさ》しい調子なのが逆に怖《こわ》い。

(決闘を申し込むほど恨んでらしたなんて……。ていうかこの猫は何? 決闘の時に着てこいってこと!? でも、王子様相手に拳《こぶし》で戦うなんて、そんな……っ)

「フレッド。――フレッド!」

棒立ちのまま悶々《もんもん》としていたミレーユは、はっと顔をあげた。いつの間に入ってきたのかルーディが傍《そば》に立っている。フレッドの知人である彼はミレーユとも顔見知りだが、二人が入れ替わっている事実にはまだ気づいていない。

「これ、あんた宛ての手紙……、って何よ青い顔して。腹でも壊《こわ》してんの? つか何、この着ぐるみ」

おそらくフレッド親衛隊から頼《たの》まれたのだろう、面倒臭《めんどうくさ》いという内心を隠《かく》そうともせず手紙の束を差し出してくる。

「うん、ちょっと……ヴィルフリートさまに呼び出されて」

「ヴィルに？　あー……そういやあの子も最近おかしいのよね」

「えっ。おかしいって、どんなふうに？」

ミレーユは身を乗り出した。決闘前の情報収集は多いに越《こ》したことはない。

「どんな馬鹿《ばか》でも恋《こい》すると変わるってことよ」

「……恋？」

「十五歳にして初恋《はつこい》。しかも相手が男だっていうんだから、そらおかしくもなるわね」

「男⁉」

ミレーユの頓狂《とんきょう》な叫《さけ》びに騎士たちのどよめきが重なる。

「おいおい、まじかよ」

「相手誰だ？」

「ここでバラすってことは、ここにいる誰かじゃねえってことだな」

「あっ……、ちょっとあんたら、言いふらしたりしたら殺すわよ？」

自分の失言を棚《たな》に上げてルーディが因縁《いんねん》をつけるが、ミレーユはそれどころではなかった。

（ヴィルフリートさまってそうだったの……⁉　え、ちょっと待ってよ、じゃあもしかして、邪魔とか抜け駆けとか書かれてたのって、まさか……）

王子の恋する相手とは、自分の身近にいる誰かなのではないだろうか？

それで近くにいるミレーユのことが邪魔で、果たし状を送りつけてきた。そう考えればつじつまは合う。

（だ、誰……、一体誰なの――――!?）

とんでもない事実を知ってしまい、ミレーユは真っ青になって頰《ほお》を押さえた。


呼び出し場所には、すでに先方の姿があった。

水の出ていない噴水の前に黒い物体が立っている。ミレーユに贈《おく》ってきたものと色違《いろちが》いの黒《くろ》猫《ねこ》の着ぐるみだ。もちろん中にいるのはヴィルフリートである。

恐《おそ》る恐る近づくと、こちらに気づいて彼は顔をあげた。

「す、すみません、遅《おそ》くなりました……」

「いや、構わない。まだ待ち合わせの三十分前だ。僕も一時間前に着いたばかりだしな」

（そんなに前から!?）

彼の気合いの入れように青ざめるミレーユをよそに、王子はそわそわした様子で咳払《せきばら》いした。

「突然《とつぜん》呼び出してすまない……。手紙は読んでもらえただろうか？」

「はっ……。よ、読ませていただきました……」

「そうか。……その、だな。少しきみと話がしたいと思ってだな……」

手紙の調子と別人のように、王子の口調はやけに歯切れが悪かった。急に攻撃《こうげき》をしてくる様子も見受けられない。

「それで、不躾《ぶしつけ》とは思ったが、手紙を送らせてもらったのだ。きみは大抵《たいてい》ラドフォードと一緒《いっしょ》にいるから、なかなか二人きりでは話せないと……」

言いかけて、彼は思い出したようにきょろきょろと周囲を見回した。

「今日は来ていないのか？　やつは」

「リヒャルトですか？　ええ、朝から席をはずしてましたから」

「本当か？　じゃあ、きみに手紙を出したことも知られていないのだな？」

やけに食い下がってくる。不思議に思いながらもうなずこうとしたミレーユは、はたと思い当たって息を呑《の》んだ。

（え………。うそ。ま、まさか）

「やつに知られると、少し、困るのだ」

もじもじと右脚《みぎあし》の爪先《つまさき》で地面を蹴《け》りながらヴィルフリートはつぶやく。頬がほんのり染まっているのを見て、ミレーユの胸がやかましく騒《さわ》ぎ始めた。

「どうも、な……、気持ちに気づかれている気がする。やつは結構鋭《するど》いようだし……。このことを知られたらきっと邪魔をしてくると思うのだ。……いや、邪魔をする云々《うんぬん》以前に、僕たちはそういう関係ではないわけだがっ」

慌《あわ》てた様子で付け加え、赤くなって目をそらす。浮《うわ》ついた様子の彼とは裏腹に、ミレーユは青ざめてごくりと喉《のど》を鳴らした。

（まさか……、ううん、やっぱり……）

「あのっ、ヴィルフリートさま！」

緊張感《きんちょうかん》に耐《た》えられず、ミレーユは思いあまって彼の両腕《りょううで》をがしっとつかんだ。王子がぎょっとしたように顔を向ける。

「本当に……お好きなんですか……？」

ヴィルフリートは目を丸くしてミレーユを凝視《ぎょうし》し、瞬《また》く間に真っ赤になった。

「リヒャルトのことが……」

「うむ。……好きだ」

恐る恐る出した名前に、王子の気の抜《ぬ》けたような声がかぶさる。最後まで言うより先に答えが返ってきた気もしたが、その告白に衝撃《しょうげき》を受けたミレーユにはそれを怪訝《けげん》に思う余裕《よゆう》がなかった。

（やっぱり……!!）

これは明らかに国家機密だ。国王あたりにでも知られたら自分は消されてしまうのではないだろうか。

「そ、それでだな……今日これから……もし空いているなら、ゆっくり話でもしたいのだが、どうだろうか。ラドフォード抜きで、ふ、二人だけでだな……」

蒼白《そうはく》な顔で固まっていたミレーユは、はっと我に返った。

「それって……もしかして恋愛相談的なお話ですか？」

「まあ、そう思ってもらって構わない」

なるほど、と内心つぶやき、ミレーユは神妙《しんみょう》な顔になった。

「わかりました。あたしでよければ相談にのります。けど、夜でもいいですか？　これから、ちょっと街に用があって」

ヴィルフリートは押し黙《だま》り、やがて思い切ったように顔をあげた。

「――僕もついて行っていいか」

思いがけない申し出にミレーユは目を丸くした。

「あたしは構いませんけど……。でも、王宮の外ですよ？」

「ちょうど僕も街に用があったのだ。着ぐるみの調子がいまいちなので、職人の意見を聞いてみようと思ってな」

「着ぐるみ職人……」

本当にそんな職人がいるのかは知らないが、そう言われては無下に断るわけにもいかない。

「じゃあ、ご一緒します」

「本当か！」

王子は目を輝《かがや》かせたが、はっと何かに気づいたように身を乗り出した。

「ラドフォードはだめだぞ！　一緒についてこられては非常に困る。護衛は僕の近衛《このえ》を連れて行くから、やつには言わないでくれ」

真剣《しんけん》な顔で主張する王子を見つめ、ミレーユは胸がきゅんとするのを感じた。

(ヴィルフリートさま……。そんなにお好きなのね、リヒャルトのこと……)

恋する瞳《ひとみ》は美しい。こっちまで緊張でどきどきしてくる。

彼の想《おも》いに共感に近いものを感じながら、ミレーユも真剣な顔でうなずいた。


決闘にはならなかったが、話は思わぬ方向へ転がってしまった。王子様の恋する相手は男、それもリヒャルトだったなんて。何だか複雑な事態だ。

(そう言えば……リヒャルトのほうはどう思ってるんだろ)

自分の知らないところでは恋人《こいびと》がいるのだろうかと気になったことは何度かあるが、まさかこんな形で彼の恋愛《れんあい》面に関《かか》わることになろうとは。

(だいたい、前から思ってたけど、リヒャルトってばもてすぎなのよ。女の子だけじゃなくヴィルフリートさままで虜《とりこ》にするなんて……。まあ、あれだけ格好良くて性格も良くてみんなに優《やさ》しくしてれば、そりゃもてるだろうけど！　しょっちゅう天然発言されて動揺《どうよう》するあたしの身にもなってほしいわよね……)

「ミレーユ」

「ひゃあ!!」

ふいに後ろから肩《かた》を叩《たた》かれ、ぶつぶつと愚痴《ぐち》をたれていたミレーユは仰天《ぎょうてん》した。慌てて振《ふ》り向くと、当のリヒャルトが呆気《あっけ》にとられた顔で立っている。朝から席を外していた彼だが、所用とやらはもう済んだらしい。

「すみません。脅《おど》かすつもりはなかったんですが、ちょうど見かけたので……」

「そ……そう。偶然《ぐうぜん》ね、こんなとこで」

ミレーユは平静さを装って笑《え》みを作る。動揺を悟《さと》られないよう、そそくさと歩き出した。

「え……と、あっそうだ、今日の買い物ね、やっぱり行かないことにしたから」

もともと彼が護衛でついてきてくれるはずだったのだが、ヴィルフリートにああまで言われては嘘《うそ》をついてでも断るしかない。

「どうして?」

「ど、どうしても」

「……」

並んで回廊《かいろう》を歩き出したリヒャルトは、少し間を置いて口を開いた。

「さっき、ヴィルフリート殿下《でんか》と薔薇園で……」

ぎょっとしてミレーユは目をあげる。

「見てたの!?」

「ええ。所用で近くへ行って、その帰りにたまたま……」

慌てぶりを見て不審《ふしん》に思ったらしい。じっと見つめられ、ミレーユの額に汗《あせ》が浮《う》かぶ。

「何を話してたんですか？　随分《ずいぶん》楽しそうでしたけど」

「な、何でもないわ。そう楽しい話でもないわよ」

むしろ深刻だ。恋人いない歴十七年の自分が、どうしたら気の利《き》いた助言ができるのやらと悩《なや》ましい。

「何か隠《かく》してませんか？」

追及《ついきゅう》され、さっと顔をそらす。

「別に、何も？」

「……あやしいですね」

「何がよ。全然何も、後ろめたいことなんかないわ」

「じゃあ、俺の目を見て」

うっとミレーユは詰《つ》まる。そんなことをしたら隠し事をしていることなど一瞬《いっしゅん》で見抜《みぬ》かれてしまいそうだ。

「何でもないって言ってるでしょっ」

言い張りながら強引《ごういん》に突破《とっぱ》しようと踵《きびす》を返す。しかしその上をいく強引さで伸《の》びてきた腕が、壁際《かべぎわ》に追い詰めるようにして行く手をふさいだ。

驚《おどろ》いてくるりと向きを変えるが、すかさずそちらもふさがれる。両脇《りょうわき》を通せんぼされ、ミレーユは彼の腕の間から出られなくなってしまった。

「な、何すん……」

「俺に言えないような話？」

動揺するミレーユと裏腹に、リヒャルトは顔色も変えず追及してくる。今日も極悪《ごくあく》な天然ぶりだ。しかもいつもより数段強気な態度である。

「何よ、何でそんなに訊《き》きたいのっ」

「気になるから」

心理的圧力をかけようとでも言うのか、じっと見つめたまま距離《きょり》を縮めてくる。いろんな意味で動転したミレーユは頭に血を上らせて叫《さけ》んだ。

「いやよ、絶対言わない！　何よもう、ジークみたいなことしないでっ！」

「ジ……」

ショックな一言だったらしく、リヒャルトは絶句する。その隙《すき》をつき、彼の腕の下をくぐるとミレーユは一目散にその場を逃《に》げ出した。


ベルンハルト伯爵《はくしゃく》ことフレッドが白百合《しらゆり》のサロンに戻《もど》ったのは、昼下がりのことだった。

「あ、お疲《つか》れー。みんなありがとう」

きれいに整頓《せいとん》された恋文の束を手に取って部下たちを労《ねぎら》うと、早速《さっそく》目を通し始める。だがすぐに思い出したように顔をあげた。

「ミレーユは？　姿が見えないけど」

「そういやさっきコソコソ出てったぜ」

「あ、そう……。リヒャルト？　どうしたの」

近くにいたリヒャルトがはっとして室内を見回すので声をかけたが、彼は何も言わずにそのまま急《せ》いた様子で部屋を出て行ってしまった。

訝《いぶか》しげにそれを見送り、フレッドは手元の封書《ふうしょ》に目を戻す。殴《なぐ》り書きの宛名《あてな》は見慣れた第二王子の筆跡《ひっせき》だ。

「ふふ……、また殿下から果たし状か」

余裕《よゆう》の笑みでつぶやいて中身を広げたフレッドは、しかし三秒後、目をまん丸にして絶句することになった。


白百合のサロンを出たリヒャルトは、足早に回廊を東へと向かった。

ほんの今まで傍《そば》にいたはずなのに、ちょっと目を離《はな》した隙にミレーユは抜《ぬ》け出してしまったらしい。王太子の婚約者《こんやくしゃ》であるリディエンヌのもとへでも行っているのならいいが、はっきり行方《ゆくえ》を突《つ》き止めておかないと安心できない。王宮には今シアラン公国の神官がいて、ミレーユの周辺をうろついているのだ。

悪い方へ考えをめぐらせながら、角を曲がろうとした時だった。

「お待ちください、ラドフォード卿《きょう》！」

いきなり少年たちが数人飛び出してきて行く手をふさいだ。若々しい美少年軍団、青薔薇騎士団の面々だ。

「ここを通りたければ、僕たちを倒《たお》してからにしてもらいましょうか！」

「……は……？」

明らかに非友好的な態度で宣言され、リヒャルトは面食《めんく》らった。それに構わず彼らは口々に訴《うった》え始める。

「たった一日お二人で逢瀬《おうせ》を楽しまれるくらい、いいじゃないですか。殿下はかなわぬ恋に苦しんでおられるんですよ、お可哀相《かわいそう》でしょう!?」

「男同士であろうと、これは純粋《じゅんすい》な愛なんです」

「伯爵から手を引いてください、伯爵は殿下と幸せになるべきなんだ！」

「……」

――読めてきた。

薔薇園で見かけた二人は、どうやら出かける約束でもしていたらしい。そして忠実な近衛《このえ》たちは王子の逢瀬のため、健気《けなげ》にも邪魔《じゃま》者を排《はい》しようとここで待ち伏《ぶ》せていたのだろう。彼らは王子と出かけた『伯爵』が実はその妹の少女であると知らないし、王子が『伯爵』に恋心《こいごころ》を抱《いだ》いていると勘違《かんちが》いして同情しているようだ。

「──お二人はどちらへ？」

「城下へお忍《しの》びでお出かけです」

「城下……!?」

王子を城の外へ簡単に出すとは。逢《あ》い引き云々《うんぬん》という以前の問題だ。

「どいてください。追いかけます」

声を険しくすると、彼らは少し怯《ひる》んだようだったが、負けじと言い返してきた。

「いくらあなたが『野獣《やじゅう》』でも、僕たちが束《たば》になれば負けませんよ！」

「そうだそうだ！　こんな時のために必殺技《ひっさつわざ》だって練習してるんだから！」

きゃいきゃいと反論され、リヒャルトは苛立《いらだ》ちをため息に逃がした。全員ひねり捨てて強行突破してやろうかと物騒《ぶっそう》なことが脳裏《のうり》をよぎる。

が、両者が激突《げきとつ》するよりも先に、ますます事態を悪化させそうな人物が登場することになった。

「どうしたんだい、リヒャルト。また喧嘩《けんか》でもしているのかい？」

驚いた顔で駆《か》け寄ってきたのはエドゥアルトである。溺愛《できあい》する娘《むすめ》に面会にでも来たらしい。

「仲良くしないとだめだよ。一体何をもめているんだい」

「いえ、それが……」

リヒャルトはつい口ごもった。相手が誰《だれ》であろうと最愛の娘と二人で出かけて行ったと知れば取り乱すのは必定、そしてそれをなだめるために時間を要するのもまた明らかだ。

どうにかして双方《そうほう》をうまく丸め込む術《すべ》はないものかと考えをめぐらせるが、そんな努力もむなしく、更《さら》なる問題行動常習者が姿を現した。

「何の騒《さわ》ぎ？　皆《みんな》してどうしたの」

脳天気な声とともに現れた着ぐるみの白猫を見て、青薔薇の騎士たちが頓狂《とんきょう》な声をあげる。

「ベルンハルト伯爵!?」

きょとんとしてフレッドは瞬《またた》いた。

「なんだい、幽霊《ゆうれい》でも見たような顔して。そんなに似合ってる？　きみたちのご主人からいただいたものなんだけど」

「フレッド、それ……」

面食らうリヒャルトをよそに、フレッドはうっとりと白い毛並みをなでる。

「サロンに置いてあったんだ。一体どういう風の吹《ふ》き回しだろうね。熱烈《ねつれつ》なお手紙も来てたし、意図が読めないけど、大事な話があるっていうからとりあえず待ち合わせ場所に行こうと思ってさ」

「きゃあああー！」

青薔薇の騎士たちは真っ青になって悲鳴をあげた。

「じゃあ、殿下《でんか》がご一緒《いっしょ》に行かれたのは誰なんだ？　確かに伯爵に似てたのに」

「伯爵に変装した人さらいだったんだ、殿下が攫《さら》われておしまいになった！」

「僕たちがラドフォード卿を足止めしてる間にっ。どうしよう！」

取り乱す様を見てエドゥアルトも話の流れをつかんだらしい。王子と出かけたのが誰なのか察してしまったようだ。

「どういうことだ!? 私のむす……いや、と、とにかく、二人でどこかに行ったというのか？　私に断りもなく逢い引きなど、許さん！」

案の定大騒《おおさわ》ぎになってしまった。リヒャルトは頭を抱《かか》えたくなるのを堪《こら》え、大きく息をついた。

「落ち着いてください。とりあえず城下へ行ってお二人を捜《さが》してみますから」

「私も行く！　逢い引き絶対反対！」

「僕たちも行きます！　殿下を悪者からお助けまいらせねば！」

足早に出ていくリヒャルトを、エドゥアルトと騎士たちがやかましく追いかけていく。

一人残されたフレッドは、ふむ、と唸《うな》って持っていた手紙を見た。

『この白猫は僕の気持ちだ。可憐《かれん》なきみに似合うと思って選ばせてもらった。僕の黒猫とおそろいだ。ぜひとも身にまとい、その稀《まれ》なる愛らしさで、王宮の庭を駆け抜けてほしい――云々――』

「……どうなってるんだろう？」

美辞麗句《びじれいく》てんこもりの熱烈な恋文を王子殿下からもらう心当たりが、彼にはどうしても見つからなかった。

一口に街と言っても、王都グリンヒルデは広い。

ミレーユたちが目指したのは東部にある織物問屋街だった。裏通りに面した店を訪ねるため、途中《とちゅう》で馬車を降り、徒歩で市街を抜けることにする。

「活気があるのだな。今日は祭りでもやっているのか」

商店の騒々《そうぞう》しい客引きの声に、王子は目を丸くしている。無邪気《むじゃき》な反応にミレーユは思わず笑《え》みをこぼした。

「街ではこれが普通《ふつう》なんですよ。ここはまだ静かなほうです」

「ふうむ……。そうなのか」

感心したようにうなずき、彼はきょろきょろとあたりを見回す。あざやかな色彩《しきさい》があふれた一軒《いっけん》の店先に目を留めた。

「あれは果物屋か？　しかし見たことのない色のものがあるな」

「ほんとだ……。行ってみます？」

二人はその店へと駆け寄った。リンゴやプラム、レモン、オレンジといった馴染《なじ》みの果物にまじり、見慣れない紫色《むらさきいろ》の丸い果実が積まれている。

「いらっしゃいお坊《ぼっ》ちゃま方。何にする？　安くしとくよ」

「ねえおじさん、この紫のは何？」

「そいつは『レーン』ってんだ。梨《なし》の一種だよ」

「梨？　これが？」

「ああ。東大陸でしか採れない希少種だ。食べてみるかい？」

店主は愛想《あいそ》良く説明し、手早く皮を剝《む》いて差し出した。早速《さっそく》ミレーユは手を伸《の》ばしたが、それに倣《なら》おうとするヴィルフリートに気づいて、離れて護衛していた騎士たちが猛然《もうぜん》と駆けてきた。

「いけません！　そのように得体の知れぬものをお毒味《どくみ》もなしに」

「……毒味？」

「ああっ、すごく美味《おい》しそう！　いただきまーす！」

きょとんとする店主を大声をあげてごまかし、ミレーユは素早《すばや》く一切れつまんで口に入れる。

甘みの強い、みずみずしい味が口の中に広がった。

「あ、美味しい……。初めて食べる味かも」

商業激戦区育ちのミレーユにも経験のない珍《めずら》しい果物だった。大丈夫《だいじょうぶ》ですよと促《うなが》すと、王子も再び手を伸ばす。

「……うむ。美味《うま》いな！」

はらはらして見守っている近衛たちをよそに、感嘆《かんたん》した王子は上機嫌《じょうきげん》で店主を見上げた。

「気に入ったぞ。ここにあるもの全部買い取ってやろう。明日にでも王宮に届けてくれ」

「……王宮？」

「ああーっ、美味しかった！　おじさん、これ六つちょうだい」

またしても大声でごまかし、ミレーユは内心冷や汗《あせ》をぬぐった。わかってはいたが王子様と街を歩くのは大変だ。

「よしきた。ちょっとおまけしといてやろう」

代金と引き換《か》えに渡《わた》された袋《ふくろ》をのぞくと、どう見ても十個以上入っている。

「こんなにいいの？　ありがとう！」

「いいってことよ。それより気をつけな。最近ここらは物騒だから」

人の良さそうな店主は、そう忠告して送り出してくれた。


「さっきは毒味役を務めてくれたのだろう？　すまなかった」

通りを歩き出してしばらくした頃《ころ》、ヴィルフリートは真顔で切り出した。

「きみがいなかったら、あのように美味なものと出会うことはできなかった。礼を言うぞ」

高飛車な王子様かと思えば、これくらいのことでお礼を言ったりしてくれる。しかもよほどレーンが気に入ったらしい。微笑《ほほえ》ましい思いでミレーユは袋を掲《かか》げた。

「いえ、単に食い意地が張ってるだけですから。王宮に戻《もど》ったら、これ半分ずつ分けましょうね」

「……うむ」

王子は嬉《うれ》しそうにうなずく。

「きみは優《やさ》しいな」

「え。そんな」

しみじみと言われ、ミレーユは照れ笑いを浮《う》かべた。が、次の瞬間《しゅんかん》、ぎらりと目を光らせた。

「あれはっ……！」

叫《さけ》ぶなり脇目《わきめ》もふらずにそちらへ向けて駆け出す。ヴィルフリートは驚《おどろ》いて後を追った。

「どうしたんだ⁉」

「『貴婦人の誘惑《ゆうわく》』！　急げばまだ残ってるかもしれません！」

「何⁉　どこの貴婦人の話だっ」

「あそこの貴婦人です！」

指さす先には赤い縁取《ふちど》りの菓子《かし》屋の看板と、店先に列をなしている人々、そして張り紙広告。

〈貴婦人の誘惑タルトはじめました〉

時間制限有りなんです！　と叫んで突撃《とつげき》していった彼女を、王子はさすがに追いかけることができなかった。

戦利品を手に帰還《きかん》したミレーユは、護衛の騎士たちと何やら話しているヴィルフリートに気づいて足を止めた。

帽子《ぼうし》で隠《かく》してはいるが、彼の美しい金髪《きんぱつ》は遠くからでも目を引く。しかもあの美貌《びぼう》だ。黙《だま》っていても目立つのに、高貴な雰囲気《ふんいき》と無邪気で強気な物言いをふりまかれては人目を引くのも無理はない。現に、道行く人たちはヴィルフリートのことを興味深げに見ている。

（やっぱり甘かったかしら。王子様とお忍《しの》びで街で買い物なんて……）

急いで駆《か》け寄り、ミレーユは反省しながらマントを脱《ぬ》いで彼の肩《かた》に着せかけた。フードまで被《かぶ》らされて彼は目を丸くしている。

「む……？　寒くないぞ？」

「ええ、でもなるべく人目を引かないに越《こ》したことはないですから」

王子であるということがばれたらどんな騒《さわ》ぎになるかわからない。護衛がいるとは言え、少し距離《きょり》を取っての同行だ。用心しなければ。

「僕のことを心配してくれるのか……」

男らしい行為《こうい》に一瞬ときめいたヴィルフリートは、はっと思い出したように目を輝《かがや》かせた。

「きみがいない間、面白《おもしろ》そうな店を見つけたのだ。行ってみよう！」

「はい。じゃ、その次はお菓子屋さんに付き合ってくださいね」

好奇心《こうきしん》一杯で二人は駆け出した。

物陰《ものかげ》から鋭《するど》い視線が向けられていることに、露《つゆ》ほども気づかないまま——。

城下へ下りた追跡《ついせき》団一行は、情報を集めながら足取りを追って東へ向かった。

……はずだったのだが。

「あっ、リヒャルト、リンゴの蜂蜜《はちみつ》漬けがあんなにたくさん」

菓子屋の店先を指して頬《ほお》を上気させるエドゥアルトに、リヒャルトは何度目かわからない注意を繰《く》り返した。

「エドゥアルト様。お菓子を買うのは後にしてください」

「でも、せっかく街に来たんだし……」

「そうですよ、ラドフォード卿《きょう》。あの蜂蜜漬け、すごく美味しいんですよ?」

「あ、閣下、クルミ入りのビスケットがありますよ」

「わぁ、香《こう》ばしい匂《にお》い!」

(何をしにきたんだ、この人達は……)

青薔薇の騎士たちまでも一緒《いっしょ》になってはしゃぎ始めるのを見て、リヒャルトは深くため息をついた。

「……皆さん。遠足じゃないんですよ」

低い声での咎《とが》め立てに、一同ははっと我に返る。

「そうだった! 早くミレ……いや、あの子を見つけなければ!」

「うわああっ、殿下は一体いずこに!」

それぞれ心配しているのは確かだろうが、どうも集中力が続かないというか、緊張感《きんちょうかん》がなさすぎる。軽く頭痛を覚えながら、リヒャルトは一人地道に聞き込みを続けた。

その努力が実ったのは十一軒《けん》目の店でだった。有力情報をもたらしたのは、とある果物屋の主人だ。

「あのお坊ちゃまたちのことかな。金髪の、品の良い……。さっきうちに来たよ」

「どちらへ行った？」

「あっちだけど……。あんた、あの二人の従者かい？　目を離《はな》さないほうがいいよ。ここらじゃ最近、見目の良い子どもが何人もいなくなってるんだ。人さらいの組織が暗躍《あんやく》してるって話だよ」

「人さらい⁉」

エドゥアルトと騎士たちが異口同音に叫び、一斉《いっせい》に卒倒《そっとう》しかける。

リヒャルトは顔色をなくし、店主が指さした方角へ物も言わずに駆け出した。

目に留まった店に次々と突撃しながら街を抜《ぬ》けた二人は、ようやく目的地へとたどり着いた。

こじんまりとした店構えのそこは、土産《みやげ》物屋に近い雰囲気の小物屋である。

「あった、これ！」

目当ての物を発見し、ミレーユははずんだ声をあげた。鳥を象《かたど》った木製の小物だ。ふたつで一組になっており、それぞれ青と赤に塗《ぬ》り分けられている。

「これ、巷《ちまた》で評判の恋《こい》のお守りなんです。幸せを呼ぶ鳥っていうんですけど」

ほら、と指さして目玉部分を見せてやる。そこには不思議なきらめきのある半透明《はんとうめい》の石が埋《う》め込まれていた。

「ルナリア石っていう、恋愛成就《れんあいじょうじゅ》の女神《めがみ》様の伝説がある土地で採れたものなんですって。赤いほうを女性、青いほうを男性がそれぞれ持ってると、二人は末永く幸せになれるって噂《うわさ》なんです」

ふむふむと興味深げに説明を聞いていたヴィルフリートは、もしやという思いで顔をあげた。

「これをわざわざ買いにきたということは、誰《だれ》か贈《おく》りたい相手がいるのか？」

「いえ、自分用じゃなくて、友達にあげるんです。近々駆け落ちすることになったので、お守りにと思って。――あっ、これ秘密にしてくださいね」

「うむ。もちろんだ」

二人の秘密か、と勝手に解釈《かいしゃく》して上機嫌《じょうきげん》な王子にミレーユは笑顔《えがお》を向けた。

「じゃ、次は殿下御用達《ごようたし》の着ぐるみ職人のお店に行きましょうか。その後で恋愛相談に乗りますね」

「う？　う、うむ、そうだな！」

すっかり忘れていた口実を持ち出され、王子は少し慌《あわ》ててうなずいた。

見知らぬ一団に声をかけられたのは、店を出てしばらくした頃だった。

「お二人さん。ちょっと顔を貸してもらえるかね」

「え……？」
五、六人ほどの男たちは訝《いぶか》る二人をなめるように観察する。やがて目を見交《みか》わしてうなずき合うと、有無《うむ》を言わさず傍《そば》の路地へと引きずり込んだ。

王子に同行していた騎士たちから二人を見失ったという一報が入り、なりふり構わず聞き込みを続けた末に追跡団が辿り着いたのは、路地裏のとある酒房《しゅぼう》だった。

戸をくぐって中に入ると、よどんだような空気が漂《ただよ》っている。数人の客がいたが、どれも揃《そろ》ってガラが悪い。

「『スヴェン』に訊《たず》ねたいことがある」

街角で締《し》め上げたチンピラから聞き出した名前を出すと、凶悪《きょうあく》な目つきの大男がのそりと立ち上がった。

「俺に何か用かい、お兄ちゃん」

「ああ。お前たちのアジトに案内しろ」

「アジトだァ？　何の話だよ」

「誘拐《ゆうかい》組織のアジトに案内しろと言っている」

冷静なリヒャルトの言葉に、男は驚愕《きょうがく》したように声をあげた。

「お前、役人か！」

リヒャルトは浮き足立つ男の胸倉《むなぐら》をつかみあげると、背後の壁《かべ》にたたきつけるようにして相手を押さえつけた。ガタン、と椅子《いす》が倒《たお》れる大きな音が響《ひび》き渡《わた》り、険悪な空気が漂うのを見て、はらはらしながら後ろからエドゥアルトが叫《さけ》ぶ。

「リヒャルト、暴力はほどほどにっ」

「大丈夫《だいじょうぶ》です。拳《こぶし》で語り合って教えていただくだけですから」

「てめえ！」

背後から別の男が殴《なぐ》りかかろうとする。リヒャルトは足下《あしもと》に転がっていた杖《つえ》らしきものを蹴《け》り上げてつかむと、相手の喉元《のどもと》に鋭く突《つ》きつけた。

「全員動くな！」

険しい気魄《きはく》に押され、男たちがぴたりと動きを止めた。リヒャルトは胸倉をつかんだままの大男に視線を戻《もど》す。

「金髪《きんぱつ》の少年が二人いなくなった。何か心当たりは？」

「は……金髪？　しらね……、ぐへっ」

容赦《ようしゃ》ない締め上げに男が苦悶《くもん》するのを、青薔薇の騎士たちはどきどきしながら遠目に見守っていた。

「ラドフォード卿が本気になってる！　ついに『ブリギッタの野獣《やじゅう》』の全貌《ぜんぼう》が明らかにっ！」

「伝説の野獣の技《わざ》が見られるんだ！」

「あの人、きっと八つ裂《ざ》きだね！」

「どれくらい血が流れるんだろうっ」

緊張感のない声を聞きつけてか、ざわっと店内の空気が変わる。

「ブリギッタって、死の森のことか⁉」

大男はひぃっと震《ふる》え上がった。

「わかったよ、話す！　話すから勘弁《かんべん》してくれよ、野獣の旦那《だんな》っ！」

恐《おそ》れをなした男は洗いざらい話したが、事態が好転することはなかった。

誘拐組織のアジトをいくら捜《さが》しても、ミレーユとヴィルフリートの姿は見つからなかったのだ。

街の片隅《かたすみ》で裏組織が暴《あば》かれ、連続誘拐事件が解決を迎《むか》えていた頃《ころ》。

謎《なぞ》の男たちに連れ去られたミレーユは呆《あき》れ半分に彼らと対峙《たいじ》していた。

「だから、急にそんなこと言われても困るんだってば。おじさんたちの立場もわかるけど、あたしたちただの通りすがりなんだし」

対峙している、とは正確な表現でないかもしれない。何しろミレーユらを連れ去った男たちは、土下座したまま拝むように両手を合わせているのだから。

（ああもう、何でこんなことに……）

——あの時、路地の奥へ引きずり込まれた後。

『何すんのよこの悪党どもがっ！』

怒鳴《どな》りつけて腕《うで》を振《ふ》り回そうとしたミレーユの目の前で、悪党であるところの彼らはいきなりザッと地面にはいつくばったのだ。

『頼《たの》む、助けてくれっ！』

切羽《せっぱ》詰《つ》まった叫びに、ミレーユは思わず反撃《はんげき》の手を止めた。どちらかと言うとそれはこちらの台詞《せりふ》のはずだ。

『お願いだ、無理な頼みなのは承知してる。だが、俺たちの命運が坊《ぼっ》ちゃんたちにかかってるんだ！』

『……はあ？』

涙《なみだ》ながらに叫んだ彼らは、いかにも地元の商店主といったいでたちで、物騒《ぶっそう》なものを持っている様子もない。

『一体、何なの？』

『……話すと長くなるんで、実際見てもらったほうが……』

という彼らに連れてこられたのが、ここ、東部織物問屋街の大広場。——に設置された催事《さいじ》用の舞台《ぶたい》だった。

広場には妙齢《みょうれい》の女性たちがひしめくようにして集《つど》い、これから行われる催《もよお》しを今か今かと待っている。彼女らの熱い視線の先にあるのは、舞台に掲《かか》げられた派手な看板たちだ。

〈栄冠《えいかん》は誰の手に？〉

〈飛び出せ輝《かがや》け美少年！〉

〈第一回『王子様を探せ！』コンテスト〉

〈あなたの一票でお好みの彼を王子様にしよう！〉

等々——。

「……東部織物問屋街は、西部の問屋街に比べて地味なんだ。客足もパッとしない。それで形勢逆転するべく、どうしたらお客を呼び戻せるか考えてね……」

啞然《あぜん》となるミレーユとヴィルフリートに、誘拐犯、もとい大会実行委員長を始めとした役員たちが口々に拝《おが》み倒す。

「頼む！　坊ちゃんたち、コンテストに出場してくれ！　この通りだ！」

「出場予定者が四人も出られなくなったんだ。このままじゃお客は納得《なっとく》しない、催しも大失敗だ」

「美少年がタップリ出場するって客寄せしてたのに、これじゃ詐欺《さぎ》だと訴《うった》えられちまう」

「……って言われても……」

半泣きの中年男集団を呆れて見回しながらも、ミレーユは悩《なや》んでいた。

街の活性化を図《はか》るのになぜ美少年コンテストなのかと思いつつも、彼らなりに一生懸命考えた末の催しなのだろうし、これだけ集客できたのなら半分は成功したということだろう。何より同じ商人出身として身につまされる話だ。

「二人なら間違《まちが》いなく王子様になれるよ！　街で目をつけた誰《だれ》より輝いてたもの、自信を持っていい」

「いや、そうじゃなくて……」

既《すで》にここに本物の王子様がいるんですけど……とは言えるわけもない。自信云々《うんぬん》以前に『少年』でなく『少女』なんですという問題もあるが——この際目を瞑《つぶ》ってもらうしかなさそうだ。

「……わかったわ、出るわよ。ただし、あたしだけ——」

「わかった。僕が出る」

おもむろにヴィルフリートが口を開き、ミレーユはぎょっとなった。

「本当かい！　ありがとう！」

「ただし出るのは僕だけだ。いいな？」

「いいとも！　じゃ早速《さっそく》打ち合わせを」

浮かれる男たちと王子は勝手に話を進めていく。

「だめですよ！　殿下《でんか》にそんなことさせられません！」

ミレーユは慌《あわ》てて引き留めたが、ヴィルフリートは引かなかった。

「推察するに、この催しは大勢の前に出て容姿を寸評にかけられるのだろう？　婦人をそのような晒《さら》し者にするわけにはいかない」

「いや、王子様が晒し者になるほうがまずいですから！」

『王子様を探せ！』と銘打《めいう》たれた催しに本物の王子様が出場するなんて、笑い話にもできない。

しかし当の本人はまったく気にも留めていないようだ。

「気にするな。今日はきみとこの街には楽しませてもらった。その礼代わりだ」

男らしい台詞を吐《は》くと、ヴィルフリートはフッと笑って立ち上がった。


捜索《そうさく》を続けていた追跡《ついせき》団は、やがて東部織物問屋街へとやってきた。

あたりには女性達の黄色い声が一帯に響いている。見れば、何やら広場のほうがひどく騒《さわ》がしい。

「何の人だかりでしょう？」

「行ってみよう」

広場には舞台のようなものが組まれ、派手な飾《かざ》り付けが施《ほどこ》してあった。その舞台上には数人の青少年が立っている。

――そのうちの一人に、やけに見覚えがあるのは気のせいだろうか。

「じゃあ、優勝したグリンヒルデ出身の十五歳、ヴィル君にお話を聞いてみたいと思いまぁす！――どうですか、今の気分は？」

進行役らしい男に話を向けられた金髪の少年が、真面目《まじめ》な顔でうなずいた。

「当然の結果だから特に感慨《かんがい》はないが、王子を探すという企画《きかく》はなかなか面白《おもしろ》い。優勝は僕に声をかけた彼らにやるべきだな」

「アッハハ！　美少年なだけじゃなくてしゃべっても面白いんだねぇ！　ハイ、冗談《じょうだん》の上手なヴィル君でしたー！　おめでとうございまぁす！」

きゃー、と黄色い声援《せいえん》がわきあがる。

「ヴィル様ー！」

「王子様ー！」

「…………」

王冠《おうかん》を被《かぶ》らされた第二王子を見つめ、リヒャルトは脱力《だつりょく》してその場に座り込みそうになった。

「──誘拐組織《ゆうかい》!?」

楽屋に乗り込んできたリヒャルトから一連の話を聞かされたミレーユは、あんぐりと口を開けた。

「そんな物騒な話になってたの……」

呆然《ぼうぜん》とつぶやいたが、厳しい視線を感じて口をつぐむ。

「死ぬほど心配したんですよ。どこか遠くに売り飛ばされる前に何とか見つけようと」

強い口調で言われ、返す言葉もなくうなだれる。誘拐組織と言われても実感がわかないが、それだけ心配をかけたのは事実だ。どこへ行くとも言わずこっそり抜《ぬ》け出して、しかも王子同《どう》伴《はん》で街へ出たのは充分《じゅうぶん》責められるに値《あたい》するだろう。

「……ごめんなさい」

ふう、とリヒャルトは息をついて、ミレーユの肩《かた》に触《ふ》れた。

「あまり心配させないでください。今回は無事だったからよかったですが……」

「うん……」

「……いや、やっぱりよくない」

「……へ?」

優《やさ》しくなったと思ったのも束《つか》の間、彼はまたすぐ怖《こわ》い顔に戻《もど》った。

「どうして俺に黙《だま》って出て行ったんですか。買い物はやめたなんて嘘《うそ》までついて」

ぎくっ、とミレーユは目をそらす。

「それは……言えない」

「なぜ?」

「ど……どうしても、よ!」

ヴィルフリートとの約束だ。理由を明かすわけにはいかない。

リヒャルトは少し黙り込んだが、おもむろに手を伸ばしてきた。

「だったら、言いたくなるように口をこじ開けてあげようかな」

「なっ……、ジークみたいなことしないでってば!」

「あの人のは全部遊びですが、俺は全部本気です」

「なお悪いじゃないのっ!」

叫《さけ》んだ唇《くちびる》に指が触れて、焦《あせ》りで頬《ほお》が熱くなる。

「ふ……、ふざけないでってば……」

「……」

「――ラドフォード!? なぜここにいる!」

驚愕《きょうがく》したような声が割り込んだ。

王冠とガウンを身につけた『王子様』を、リヒャルトは真顔で出迎《でむか》えた。

「優勝おめでとうございます。王子殿下」

ひとしきりお説教を受けてから、二人は王宮へ帰ることになった。

「帰ったらしばらく謹慎《きんしん》していただきます」と通告されたヴィルフリートがリヒャルトに抗議《こうぎ》し、両者の間で言い合いが勃発《ぼっぱつ》している。ミレーユはどきどきしながら密《ひそ》かに見守っていたが、ふと思いついてポケットに手をやった。

「あの、お邪魔《じゃま》してすみません。殿下……ちょっといいですか?」

こそこそと声をかけると、ミレーユは急いで王子の手にあるものを握《にぎ》らせた。

渡《わた》されたものを見てヴィルフリートは目を瞠《みは》る。それは先程《さきほど》小物屋で見た恋愛成就《れんあいじょうじゅ》のお守りだった。

「さっき、もう一組買ってたんです」

「えっ……僕にくれるのか……。しかしなぜ赤いほうなのだ?」

予想外の急展開に胸を高鳴らせながらも、王子は首をかしげる。赤い鳥は女性のほうが持つはずだ。

「や、どっちがどっちかなぁって、ちょっと迷ったんですけどっ」

赤くなりながら早口に言うと、ミレーユは今度は青い鳥をリヒャルトの手に握らせた。

「じゃ……そういうことで。あとは若い人同士で……」

「――――え?」

一瞬呆然《ぼうぜん》と見つめ合ったリヒャルトとヴィルフリートは、そそくさと出て行こうとするミレーユを慌てて引き留めた。

「ちょっと待って。何が『そういうこと』なんです？」

「そ、そうだぞ。なぜ恋愛成就のお守りをこいつと分け合わねばならないんだ」

「え……だって……」

言っていいんですか？　と目で訴《うった》えながら、ミレーユはおずおずと切り出した。

「殿下はリヒャルトに恋してらっしゃるんでしょう？　だから……」

——沈黙《ちんもく》が訪《おとず》れた。

あんぐりと口を開けた王子に、一足先に我に返ったリヒャルトが確認《かくにん》する。

「そうだったんですか？　殿下」

「そんなわけないだろう!!」

ヴィルフリートが青ざめて叫び、ミレーユは慌《あわ》てて二人を見比べた。

「ごめんなさい、謹慎されるならもう渡す機会がないかもと思って先走っちゃって……、ご自分の口から告白したかったですよね」

「違《ちが》う！　ちょっと待て、何がどうなってるのか説明してくれ。どこをどう誤解したらそんな結果に結びつくんだ⁉」

「誤解って……殿下がご自分でおっしゃったじゃありませんか。好きだ、って」

ヴィルフリートは目をむいた。

「言ってないぞ、そんなこと！」

「ちゃんと聞きましたよ！　リヒャルトのこと好きなんですかって訊《き》いたら、きっぱり好きだって」

「好きかとは訊かれたがこいつの名前は記憶《きおく》にない！」

互《たが》いに主張し合う二人の間に割って入り、リヒャルトが冷静に確認する。

「それがつまり、あの薔薇園でのやりとりというわけですか。そもそもどうしてそんな流れになったんです？」

思っていたのと違う展開になりそうなのを感じ、ミレーユも混乱し始める。

「えっ、だってルーディが、殿下は男の人のことが好きだって……。それに殿下から果たし状が送られてきたから、何か恨《うら》みを買ったのかと思ってたのよ。それで、あたしの身近にいる人のことがお好きなのかなって思って……」

「何だと!?　あいつは一体何を吹聴《ふいちょう》して……」

叫びかけたヴィルフリートは、ふと眉根《まゆね》を寄せた。

「……待てよ。果たし状、と言ったな。それはもしやあれか？　『長らく僕を踏《ふ》みつけにしてきた――』」

「ああ！　そうです、それです」

「…………」

王子は息を呑《の》み、みるみる青ざめた。

（しまったあぁぁぁ――!!）

なんと根本的な大間違い。ミレーユ宛《あ》ての恋文《こいぶみ》と、同時発送したフレッド宛ての果たし状、中身を逆にして入れてしまったのだ。これでは誤解したミレーユを責めるどころではない。

（何てことだ……）

自分の間抜《まぬ》けぶりに、王子は真っ白になってへたりこんだ。


その夜。ヴィルフリートはミレーユに分けてもらったレーンをかじりながら、街での出来事を思い返していた。

恐《おそ》ろしい誤解をされてしまったとは言え、それももう解けたことだし、何より素晴《すば》らしく楽しい一日だった。空回りしていた自分は忘れ去ることにしよう。

（しかし、あの男……）

ふと思い出す。あの後、うちひしがれているところにリヒャルトが一人で戻って来たのだ。

彼女は手強《てごわ》いですよ、と彼は言った。

『奇跡《きせき》のように鈍《にぶ》いですし、斜《なな》め上の方向に勘違《かんちが》いをされることは日常茶飯事《にちじょうさはんじ》です。それを楽しいと思えるようにならないと、たぶん大変だと思います――』

あれは助言だったのだろうか。それとも牽制《けんせい》されたのか。

そこまで理解しているくせに、気持ちを伝える素振《そぶ》りがないのはなぜだろう。

(言えない理由でもあるのか……?)

恋敵《こいがたき》の意外な弱腰《よわごし》に首を傾《かし》げた時、ふいに不気味な笑い声が聞こえてきた。

「……フフ……」

「──!? 誰《だれ》だ!」

鋭《するど》い誰何《すいか》に、現れたのは──。

「その着ぐるみは!」

白猫の着ぐるみに身を包んだフレッドだ。しかも手には例の恋文を持っている。

「殿下がそんなにもぼくのことをお好きだったなんて……。ふふ、まあ知ってましたけどね」

「貴様……読んだな!」

恥《は》ずかしい手紙をよりによって天敵に読まれてしまい、しかも自分が悪いので文句を言えないという煩悶《はんもん》に苛《さいな》まれた王子は、魔女《まじょ》から買った新兵器を手に立ち上がった。

「──抹殺《まっさつ》する!!」

王子と伯爵《はくしゃく》の追いかけっこは、その夜遅《おそ》くまで王宮中で繰《く》り広げられることになった。

身代わり伯爵と
薔薇園の迷い子

それは、アルテマリス王国が聖誕祭《せいたんさい》の準備にいそがしい、ある秋の午後のこと。

とある事情から、王太子の婚約者《こんやくしゃ》であるリディエンヌとの編み物会に出席できなくなったミレーユは、そのお詫《わ》びのため彼女の宮殿《きゅうでん》を訪れていた。出席できないのなら二人で乙女《おとめ》お茶会をしたいと彼女のたっての希望だったからだ。

「――けど、なんでジークまでいるのよ？」

当然のように同席している王太子に訊《たず》ねてみると、彼は表情も変えず答えた。

「ここは私の婚約者の宮殿だ。私がいても不自然ではないだろう？」

「そりゃそうだけど……、これ、乙女お茶会だし……」

「そんなことより。編み物を中断すると聞いたが、もう諦《あきら》めたのか。それとも茶色の毛糸が足りなくなったか？」

さらりと言われ、お菓子《かし》を食べようとしていたミレーユは一瞬遅《おく》れて目をむいた。

アルテマリスでは十月末日の聖誕祭に、女性が意中の男性に手編みのショールを贈《おく》る風習がある。相手の男性の髪《かみ》と同じ色の毛糸を選ぶのが慣例だ。とある人のために編んでいたものを盗賊《とうぞく》に盗《ぬす》まれてしまい、失意の底にいたミレーユだが、誰にもばれていないと思っていたショールのことを持ち出され大いに慌ててしまった。

「な、何のことかしらっ？　茶色とか何とか、言いがかりはやめてくれない？」

「しかし……きみが私以外の誰のために茶色のショールを編んでいるのか気になってな」

「別に、誰でもいいでしょっ。自分用よ、自分用！」

苦しい言い訳をするミレーユを、ジークはにやにやしながら眺《なが》めている。

「相手の名前を当てようか？　……リ――」

「きゃ――っ、いや――っ!!」

赤くなって彼の口を飛びつくように手でふさぐ。相手が王太子だということすら頭から飛んで取り乱していると、ジークはにやりと笑ってミレーユの手をはずし、さっと指に口付けた。

「……っ!?　うぎゃああ――っっ！」

「おやおや。リヒャルトは『きゃー』で私は『うぎゃー』か。差別ではないか？」

「だからっ、違《ちが》うって言ってんで……」

怒鳴《どな》りつけようとしたミレーユだったが、はっと視線を感じて口をつぐんだ。ジークはリディエンヌの婚約者なのに、彼女の前でこんなふうに接していては、嫌《いや》な思いをしただろう。

慌《あわ》てて謝ろうとすると、リディエンヌはうっとりと楽しげに笑った。

「殿下《でんか》とミレーユさまの戯《たわむ》れていらっしゃるお姿が、まるで将来の後宮の光景を見ているようで……。少し興奮してしまいました」

「こ……興奮？」

予想外の感想がきてミレーユは絶句した。そう言えばつい先日、ジークの後宮に入らないかと彼女に誘《さそ》われたことがあったが、やはり本気なのだろうか。ジークのほうも彼女の発言に何を言うでもなく、普通《ふつう》に受け入れている様子だ。

（リディエンヌさまって変わってらっしゃるわよね。自分の旦那様《だんなさま》に他《ほか》に奥さんができたら、あたしだったら嫌だけど……。――はっ。まさか、ジークに脅《おど》されてハーレム計画を……!?）

突然《とつぜん》ひらめいたミレーユは、焦《あせ》り顔でこそこそと彼女に耳打ちした。

「あのっ……。リディエンヌさまは、本当の本当に、ジークでいいんですか？　考え直すなら今だと思います。本当に大恋愛だったかどうか、ちゃんと思い出してみたほうがいいです」

「ふふ……。そうですね。ミレーユさまがそうおっしゃるなら、少し思い返してみましょうか」

丸聞こえの内緒話《ないしょばなし》を眺めているジークを見やり、リディエンヌは微笑《ほほえ》んで小首を傾げた。


濃《こ》い緑に覆《おお》われたモーリッツ城は、華《はな》やぎに満ちていた。

アルテマリス王国とリゼランド王国の国境近くにあるこの城では、近々とある宴《うたげ》が開かれることになっている。そのためリゼランドの貴族令嬢《れいじょう》たちが続々と訪《おとず》れており、普段《ふだん》は静かな城内をとりどりのドレスや楽しげな笑い声で彩《いろど》っていた。

そんな中。城主の息子《むすこ》であるフレッドの私室では、アルテマリス王国の王太子アルフレートことジークが不機嫌《ふきげん》な顔つきで茶をすすっていた。

「……不愉快《ふゆかい》だ。毎日毎日」

「え？　何がです？」

何かに気を取られたように懐中時計《かいちゅうどけい》を見ていたリヒャルトが、怪訝《けげん》な顔で振《ふ》り向く。ジークは傍《そば》の小机に山と積まれた手紙——恋文《こいぶみ》の束を指さした。

「フレデリックの日課に決まっているだろう。彼ばかり楽しんで、不公平だと思わないのか」

貴族令嬢たちの茶会に連日招かれているフレッドは、その度《たび》に恋文やら贈り物やらを受け取っては楽しそうに帰ってくる。「遊びじゃない、これは仕事です」と言い張っているが、どう見ても満喫《まんきつ》しているようにしか見えないのは、気のせいではないはずだ。

「フレッドが茶会に出かけているのは、あなたのためでしょう。怒《おこ》ってどうするんですか」

半ば呆《あき》れるようになだめながら、リヒャルトがカップに茶を注《つ》ぎ足す。小間使いの一人もいない状況《じょうきょう》のため、自然と彼がそれに近い役目をしてくれていた。

機嫌が直らないジークは彼の横顔に目をやる。こっちはこっちで、いろいろと楽しい思いをしているらしいのは調査済みだ。いい機会だから問い詰《つ》めておくことにする。

「そういえばリヒャルト。きみは先日、二人組の女性に声をかけられていたな。珍《めずら》しい異国の菓子があるからと茶会に誘われただろう。感想を聞かせてみたまえ」

リヒャルトは急に矛先《ほこさき》を向けられたことに驚《おどろ》いたふうでもなく、表情も変えず口を開いた。

「それならその場でお断《ことわ》りしましたが」

「断った？　なぜ」

「甘いものは苦手ですから。参加してもしょうがないでしょう」

当然のようにさらりと流す彼を、ジークは眉《まゆ》をひそめて眺めた。味音痴《あじおんち》のくせに好き嫌《きら》いを理由に断るとは、罰当《ばちあ》たりな男だ。

「自分が食べられないのなら、相手に食べさせてやればいいだろう。融通《ゆうずう》がきかないな。お茶会とはそうやって楽しむものじゃないか」

「そうなんですか？　へえ……。楽しいんですか、それって」

興味なしという顔つきで素っ気なく答える彼に、ジークは頬杖《ほおづえ》をついたまま鼻を鳴らした。

「きみに恋人が出来た時が見物《みもの》だな。そうやって禁欲的な男ほど豹変《ひょうへん》するものだ。でれでれしているところを逐一《ちくいち》観察して、思い切り楽しんでやる」

「変な夢を持たないでくださいよ。俺はそんな人を作るつもりはありませんから」

苦情を言ってくるのを聞き流し、ジークは次なる質問を投げた。

「二日前の夜、回廊《かいろう》の暗がりで酔《よ》った令嬢に抱《だ》きつかれて、彼女の部屋に誘われただろう。一緒《いっしょ》に部屋に入って行くのを見たぞ。どうだった」

「どうって。内輪《うちわ》の宴で飲み過ぎて歩けないと言われたので、お部屋までお送りしただけです。医者を呼んですぐに帰りました。用があったので」

ジークはますます眉をひそめた。明らかに別の意味で誘われたのを、また知らん顔でかわしたらしい。彼はよく、朴念仁《ぼくねんじん》のふりをしてそういう理解できないことをする男なのだ。

「なぜそこで帰るのかがわからない。用といっても、そんな据《す》え膳《ぜん》を前にして優先しなければならないことなど限られているだろう。一体何をしていたのだ」

「図書室に行く途中《とちゅう》だったんです。一刻も早く読みたい書物があって」

「……何だと？」

それまでの気のない態度から一転、リヒャルトは心なしか楽しそうな顔になった。

「この城の蔵書は素晴《すば》らしいですよ。各国の古語で書かれた書物がいろんな分野にわたって揃《そろ》えてあるんです。探していた古シアラン語の薬草事典を見つけたので、続きを読もうと――」

「もういい。きみにはほとほと呆れる。なんてつまらない男だ。では、三日前に愛を告白してきたスザンナと四日前のエマのことも、素っ気なく振ってしまったのか？」

「素っ気なくはしていません。丁重《ていちょう》にお断りしました。そもそも、初対面の席で急にそんなことを言われても困りますよ。第一、彼女らの名前も今初めて知ったのに……、って、ジーク、どうしてそんなに俺の行動について詳《くわ》しいんですか？」

訝《いぶか》しげに問われて、ジークは優雅《ゆうが》に微笑みながら彼を流し見た。

「私はきみのことが好きだからな。常に見守っているのだよ」

「ああ……。お暇《ひま》なんですね」

まじまじと見つめられながら図星《ずぼし》を指され、ジークは黙《だま》り込んだ。

本来なら今頃《いまごろ》はまだグリンヒルデの王宮にいるはずだったのを、準備のために先行してモーリッツ城に入ることになったフレッドらに交じり、お忍《しの》びで来ているのだ。散々反対した近衛《このえ》騎士団《きしだん》の幹部から出されたお忍びの条件は、「夜会当日まで目立たず大人しくしていること」。

せっかく羽を伸《の》ばしにきたのに、女性たちに囲まれて楽しそうな従弟《いとこ》二人を眺めているだけとは、切ないにも程《ほど》がある。

「そんなにお暇なら、ご一緒にどうです？　今からまた図書室に行きますが」

「断る」

「じゃあ、散歩にでも」

「男二人で散歩だと？　寒くて凍《こご》えてしまいそうだ」

ふんと鼻を鳴らし、ジークは立ち上がった。

「どちらへ？」

「少し休む。きみは一人で書物と戯れてくるがいい」

半ば八つ当たりのように言い置いて、ジークは部屋を後にした。


『おまえの妃《きさき》は、リゼランドから迎《むか》える』

父である国王の一言で、今回のモーリッツ城行きは決まった。

きっかけは、つい二ヶ月ほど前——前国王の第二妃だったデルフィーヌが崩御《ほうぎょ》したことだ。

前国王の死後も権勢を誇《ほこ》っていたデルフィーヌは、現国王の息子であるジークを目の敵《かたき》にしていた。これまでジークが妃を娶《めと》らなかったのはいくつか理由があるが、彼女の妨害《ぼうがい》工作もその一つといえる。当然、現国王にとっては目の上のたんこぶだった人物だ。

『これでようやく花嫁《はなよめ》選びができるな』

やれやれと言った調子でぼやいた国王は、すぐさまジークにリゼランドとの政略結婚《けっこん》を命じた。現在のリゼランドとの繋《つな》がりは、かの国から嫁《とつ》いだデルフィーヌの影《かげ》が色濃《いろこ》く残っている。それを排除《はいじょ》するため、彼女とは無関係の一派と手を結ぶのが目的だ。

（それなのに、よりによって最初に挙《あ》がったのが、デルフィーヌ妃の親戚《しんせき》筋の娘《むすめ》とはな……）

シャルロット・ド・グレンデル公爵令嬢《こうしゃくれいじょう》。彼女との見合いのため、ジークはこの城に来ている。表向きは、〈リゼランド貴族を招いての夜会に偶然《ぐうぜん》王太子が居合わせた〉という筋書きが出来ているが、実は出席者の誰《だれ》もが本当の宴の目的を知っているというわけだ。

ただし、皆《みな》が知らない事実が一つある。

『何としてもシャルロットとの縁談《えんだん》は破談にしろ』――国王からそう命令が出ていることだ。

シャルロットの父・グレンデル公爵は、反女王派と組み、権勢を復活させようとこの縁談を企《くわだ》てた。そう密告があったのは、この話があがってまもない頃《ころ》だ。だから絶対に破談にしてほしい――。フレッドづてにそう申し出てきたのは、誰あろうシャルロット本人だった。

（父親が失脚《しっきゃく》する危険を押して、免罪《めんざい》と引き替《か》えに反女王派の情報を提供すると持ちかけてきたらしいが……。大した女傑《じょけつ》だ。しかし、どうなることやら……）

根回しした貴族の面目《めんぼく》をつぶすことになるのも目論《もくろ》みのうち。この縁談を推《お》す者は少なからずデルフィーヌに関《かか》わりがある。一見、しがらみのせいで話を断れなかったと見せかけて相手方を油断させ、彼ら一派を一掃《いっそう》するつもりらしい。明朗な父王がそんな老獪《ろうかい》な面を持っていることをジークは知っていた。そして、自分に課された使命と責任の重さも。

（相手は誰でもいい。血筋と家柄《いえがら》がよくて——面倒《めんどう》な親戚がいない女性なら）

妃候補選抜《せんばつ》の任は、リゼランド宮廷《きゅうてい》の内情にも明るいフレッドが請《う》け負っている。彼が連日のように令嬢たちとお茶会をしているのは、実はそれが目的なのだった。

「——暑いな……」

ふりそそぐ陽射《ひざ》しのまぶしさに、ジークは軽く目を細めた。

折良く、庭の隅《すみ》に四阿《あずまや》があるのを見つけてそちらへ向かう。表の広大な庭と違《ちが》い、奥まったこの場所はいわば城主の私的な庭だ。誰かに見つかって面倒なことになることもないだろう。

それは小さな四阿だった。白薔薇が屋根や柱に絡《から》まって咲《さ》いている。ふわりと芳《かぐわ》しい香《かお》りが風に乗って流れてくるのを楽しみながら一歩足を踏《ふ》み入れかけて、ジークは立ち止まった。


四阿には、先客がいた。

薄桃《うすもも》色のドレスを着た若い娘だ。ベンチに腰掛《こしか》け、膝元《ひざもと》に広げた本に目を落としていたが、気配に気づいたのか顔をあげた。不思議そうに小首を傾《かし》げてまっすぐ見つめてくる。

ジークは思わずまじまじと見つめ返した。こういうのを運命の悪戯《いたずら》というのだろうか。そこに座っていたのは、よく知っている女性だったのだ。

（……シャルロット嬢、だよな）

本人と面識こそないものの、縁談のために送られてきた彼女の肖像画《しょうぞうが》は見ている。大して興味もなかったからじっくりと絵姿を見たわけではないが、まず本人と言っていいだろう。ただ、光の具合か、それとも画家の匙《さじ》加減なのか、髪や瞳《ひとみ》の色は微妙《びみょう》に違って見えた。銀に近い金色の髪は、絵で見るより遥《はる》かに神々《こうごう》しい。

二人は、しばらく無言のまま向き合っていた。

ジークは内心、この事態をどうしたものかと計りかねていた。破談必至の縁談相手と偶然遭《ぐうぜんそう》遇《ぐう》してしまったこともそうだが、しかし何より引っかかったのは、彼女の反応だ。

（私を見ても平然としている……。なぜだ……？）

これまでの経験からして、こちらの姿を目にした女性は、頬《ほお》を染めて見とれたり、とろけんばかりの眼差《まなざ》しでうっとりしたり、時には立ちくらみを起こしてしまったりしたものなのに。彼女はといえば、じっと視線を合わせているだけで特に感慨《かんがい》を覚えたような様子がないのだ。

（アルテマリスの黄金《おうごん》の薔薇《ばら》とうたわれるこの美貌《びぼう》に、ときめかないとは……）

不思議なもので、それまで建前だけの縁談相手だとしか思っていなかった彼女に少し興味を引かれた。ジークは悪戯心から接触《せっしょく》を図《はか》ることにした。

「……お邪魔《じゃま》かな？」

微笑《ほほえ》みかけると、彼女もふと微笑んだ。目尻《めじり》が下がって、なんともいえない優《やさ》しげな表情になる。

唇《くちびる》から出てきた声も、また優しい声だった。

「はい。邪魔です。話しかけないでください」

「…………」

ジークは微笑を浮《う》かべたまま、しばし固まった。

何を言われたのか一瞬《いっしゅん》わからなかった。もう役割は果たしたとばかりに目線を落として読書を始める彼女を、思わず凝視《ぎょうし》する。

（今……、肯定《こうてい》したのか？）

しかもそれきり無視である。この美貌にときめかないばかりか、存在を無き者のように扱《あつか》うとは。生まれながらの王太子である自分がこんな扱いを受けたのは、当然だが初めての経験だ。

（いや、彼女なりの駆《か》け引きのつもりなのかもしれない。わざと冷たく振る舞《ふま》って気を引く女性も、いることはいる）

そう気を取り直したジークは、彼女の隣《となり》に腰を下ろした。この美貌を認めさせるまでは――即《すなわ》ち彼女をときめかせるまでは、引き下がるわけにはいかない。

「そんなに面白《おもしろ》いのか？　その本は」

にこやかに訊《たず》ねると、彼女はびっくりしたように顔をあげた。

「あ……、まだいらしたのですね。気がつきませんでした」

「……」

「はい、とても面白いですわ。ですので、できれば集中して読みたいのですが……」

「ほう。それは興味深いな」

おっとりとした口調ながらもどこか迷惑《めいわく》そうな色を感じ、ジークはすかさず遮《さえぎ》った。一体何なのだろう、この未知の反応は。よくわからないながらも少し意地になってきて、さりげなく彼女の手を握《にぎ》る。

「だが、そんなことよりももっと楽しいことがこの世にはたくさんあるだろう？　あなたが知らないと言うなら、私がこれから教えてやる」

ぐっと身を乗り出してささやくと、彼女はきょとんとして見つめ返してきた。瞬《まばた》きの合間に見える瞳は薄《うす》い紫色《むらさきいろ》だ。まるで宝石のように美しいと思いながら顔を近づけたら、彼女は急に落ち着きなく目を泳がせた。

「あ……っ、手を放《はな》してください」

「どうして放してほしいか答えたら、放してあげてもいいが……？」

ようやくあるべき反応が返ってきてジークは満足しかけたが、瞳をきらめかせた彼女の答えは予想外なものだった。

「実物の男性を観察してみて気づいたのです。陛下が男役を演じられる上で、何が足りなくていらっしゃるのか……。忘れないうちに書き留めなければなりません。ですからすぐに帰りたいのです」

「……男役？」

「ああ、急がなければ忘れてしまいますわ。あの、不躾《ぶしつけ》ですが、何か書くものをお持ちではありませんか？　いつもはペンとインク壺《つぼ》を持ち歩いているのですが、今はうっかりしていて」

「……」

言っている意味はわからないが、自分の美貌にときめいたわけでなかったのだけはわかる。

ここまで眼中無しの扱いを受けたのは初めてで、ジークは半ば感動を覚えた。素姓《すじょう》を知らないとはいえ王太子たる自分を筆記具扱いするとは、なかなか刺激《しげき》的な女性だ。

「……わかったよ。手を放すから……、少し話を聞かせてくれないか？」

色仕掛《いろじか》けが通用しないことを思い知り、ジークは諦《あきら》めて普通に攻《せ》めることにした。


努力の甲斐《かい》あって、ジークは彼女が熱心に読んでいたものが演劇の台本であること、リゼランド女王が主催《しゅさい》する宮廷劇団で女優として活動していること、毎日ここで台本を読んでいることなどを聞き出すことに成功した。

「ここへ来れば、また明日も会えるのだろう？」

別れ際《ぎわ》、少し傲慢《ごうまん》な念押しをしてみると、彼女は困ったような顔でため息をついた。

「そうおっしゃるということは、また明日もいらっしゃるということでしょうか」

暗に邪魔だと言われた気がしたが、ジークは気づかなかったことにした。

「来るとも。またあなたに会いたいからな」

「そうですか……。わたくしの秘密の場所だったのですが、知られてしまっては仕方がありません……。台本を読むので頭がいっぱいですので、できれば一人でいたいのですが……」

「邪魔はしないよ。いいだろう？」

ものすごく渋々《しぶしぶ》といった様子で彼女はうなずいた。

「そういえば名乗っていなかったな。私はジークという」

「わたくしは……、そうですね。リディとお呼びください」

最後になって彼女はようやく笑顔《えがお》を見せた。邪魔者がやっと帰るから嬉《うれ》しいのだとは思いたくなかったが、その笑顔はやはり肖像画より段違《だんちが》いにまぶしく、ジークの目に焼き付いた。


それから、二人はその四阿で逢瀬《おうせ》を重ねるようになった。

逢瀬といっても、相手が相手だからか、何一つ色っぽいことは起こらない。宣言通りただ台本を読むだけの彼女に、たまにちょっかいをかけては迷惑そうな顔をされるという繰《く》り返しだ。

「随分《ずいぶん》熱心だな。私との交流より優先するとは、一体どんな面白い話なんだ？」

横からのぞきこむと、彼女はたしなめるように軽く眉《まゆ》をひそめた。

「お静かにお願いします。今、台詞《せりふ》を覚えているところなのです」

「では協力してやろう。私が相手役になってやるから、覚えた台詞をそらんじてみるといい」

隣に座ってさりげなく彼女の肩《かた》に手を回しながら台本に目を落とすと、戸惑《とまど》ったような眼差《まなざし》しが返ってきた。

「あの……、暑苦しいので、離れてくださいますか？」

「……」

あまりにも相手にされないので、なんだか少し楽しくなってきた。――というのはもちろん負け惜《お》しみだ。

「私に構《かま》ってくれるというなら、離れてやってもいい」

「それは困ります。ジークさまにお構いする暇《ひま》など、わたくしにはありません」

「いや、少しくらいはあるだろう」

「ジークさま」

心底困ったような顔をして、彼女は持っていた台本を広げて訴《うった》えた。

「この場面は、わたくしと陛下の蜜月《みつげつ》を演じる重要な場面なのです。わたくしと陛下の大切な時間を邪魔しないでくださいませ」

「……」

その台詞はむしろこちらのほうが女王に対して言いたかったが、これ以上やると本気で嫌《いや》がられそうだと察し、ジークは一旦《いったん》引き下がることにした。

体を離す一瞬、蜜月とやらの場面をちらりと見やる。恋人《こいびと》同士の二人の会話が延々続いているのを見て、思わず鼻を鳴らした。

(――『リディ』。愛称《あいしょう》か？　それとも、別人を装いたいのだろうか)

大人しく彼女の横顔を眺《なが》めながら、ふとそんなことを思う。

一般的《いっぱん》に考えて、庭で声をかけてきただけの知らない男に本名を名乗らなければならない義理はないし、彼女も王太子との縁談《えんだん》を控《ひか》えているのは知っているはずだから、下手《へた》に素姓をさらして面倒《めんどう》が起こるのを避《さ》けたのかもしれない。正体を隠《かく》しているのはお互《たが》い様だ。素知らぬふりをしておいてやろうと思い、ジークはあえてそこには突《つ》っ込まなかった。

「女王陛下の劇団というのは、女性しか入れないのだろう？　何人くらい所属しているんだ」

何気なく訊ねてみると、それまで台本の文字列しか目に入っていない様子だった彼女が急にきらきらとした瞳《ひとみ》を向けてきた。

「そうですね、正確に数えたことはないのですが、裏方の皆《みな》さまを入れると七、八十人ほどはいるでしょうか。このお城にも一部の妹たちが来ております。あ、劇団内では、自分より年上の方は『おねえさま』、年下の子は『妹』と呼ぶのが慣例になっておりますの。皆、女王陛下をお慕《した》いして集まった方ばかりで、とっても仲良くしています」

「……急に饒舌《じょうぜつ》になったな。私とは無駄《むだ》話をしないのではなかったのか？」

「陛下に関連するお話なら別ですわ。一時間でも二時間でも、いくらでも話せてしまいます」

「ほう。それはいい情報を聞いた。では女王陛下に関することを話すから、私の相手をしてくれ」

そう言ってやんわりと台本を取り上げると、彼女は抵抗《ていこう》もせず笑顔でうなずいた。

「はい。何からお話ししましょうか」

「そうだな。女王陛下の人となりを聞こうか。なぜ劇団をお作りになったのか興味がある」

「なぜ……。それはおそらく、そこに舞台《ぶたい》があるからではないでしょうか」

「ふむ。深いな」

リディは、ジーク相手の時には見せたことのない、夢見るような表情で続けた。

「陛下は、お綺麗《きれい》でお強くて、ただ佇《たたず》んでおられるだけなのに華《はな》やいでいらっしゃる……。きっと、生まれながらの舞台人なのですわ。王子に勇者、騎士《きし》に楽師に海賊《かいぞく》王、そして魔法使《まほうつか》い……。陛下がこれまで演じていらした役のすべてが、リゼランド宮廷《きゅうてい》の全女性の理想像として君臨しています。あの方がいらっしゃれば、この世に殿方《とのがた》は必要ありません」

熱っぽい調子で語るリディを、ジークはかすかに眉をひそめて眺めた。随分と極端《きょくたん》な思想だ。世の男子を代表して抗議《こうぎ》したくなる。

「あの方はわたくしのすべてです。ですから、陛下のためならわたくしのすべてをささげる覚《かく》悟《ご》ができています」

胸に手を当ててそう打ち明けた彼女は、はっと我に返ったように瞬《またた》くと頬《ほお》を赤らめた。

「わたくしったら、なんて大胆《だいたん》なことを……！　恥《は》ずかしいですわ」

「……」

(不健全な……)

リゼランド宮廷に対する心情をひそかにつぶやいて、ジークは女王に思いを馳《は》せた。

おそらく年齢《ねんれい》は自分とそう変わらないはずだ。何代も女王が続いているせいで後継《こうけい》問題ではたびたびもめており、廷臣《ていしん》の間には不満を持つ一派もいるという。遊んでいる場合でないのは当人が一番よくわかっているだろうし、とすると年若い女王は、女であることを逆手にとって宮廷劇団を作り、それを使った奇策《きさく》でも秘《ひ》めていたりするのだろうか。

「ただの道楽でやっていては、そこまで人はついていかないだろう。それだけ人心を集める魅《み》力《りょく》を持った方だということか。あなたの語り口を見ている限り、陛下は尊敬できる御方《おかた》のようだね」

若い女王が自由な風を吹《ふ》き込もうとしているリゼランド。西大陸における同盟各国の筆頭国であるアルテマリスが、西を固めるために必要な国だ。なんとしてでも政略結婚を成功させねばならない。

「——どうした？」

じっと見つめられているのに気づいて訝《いぶか》しげに訊《たず》ねると、リディは嬉しそうに微笑《ほほえ》んだ。

「陛下を誉《ほ》めてくださったので、自分のことのように嬉しくて……。ありがとうございます。好きな人のことを誉められると、こんなに嬉しいものなのですね」

ただそれだけのことで、こんな——尊敬にも似た眼差《まなざ》しを送れるものなのだろうか。笑顔のまぶしさに一瞬《いっしゅん》たじろいだ自分を打ち消すように、ジークはにやりと笑んだ。

「ほう。好意を持ってくれたとは嬉しいな。結婚してくれないか？」

こんな美男子に突然《とつぜん》求婚されて、さてどんな反応がくるかと手を握《にぎ》って見つめていると、不思議そうに見つめ返してきた彼女はやがて微笑み、優《やさ》しい声できっぱりと答えた。

「いやです」

「……」

――どうやら、恋の駆《か》け引き遊びに付き合ってくれるつもりは、さらさらないらしかった。


きっかけは女王の話だったが、それを境にリディの態度は目に見えて軟化《なんか》した。よほど女王に心酔《しんすい》しているらしい。

（いや、心酔というより……まるで恋でもしているようだな。あれは）

理解できない乙女心《おとめごころ》に半ば呆《あき》れながら、四阿《あずまや》で飲むための酒でも持って行こうとフレッドの部屋を物色していると、扉《とびら》が開いて城主のエドゥアルトが入ってきた。

「おや。殿下《でんか》、お一人ですか？」

「ええ、まあ。フレッドもリヒャルトも、女性と戯《たわむ》れるのに忙《いそが》しくて私に構ってくれないのですよ」

この城に滞在《たいざい》中であることを知るのはエドゥアルトも含《ふく》めた三人だけだから、ジークの傍《そば》にはメイド一人ついていない。ここはフレッドの部屋だが、なにぶん彼は忙しい身で留守がちだ。おかげでジークも伸《の》び伸びとリディに会いに行けるというわけだった。

「えっ、リヒャルトも!? フレッドならともかく」

「さっきからずっと、そこで女性とべたべたしていますよ」

ようやく発見した果実酒入りの瓶《びん》を片手に外を示すと、エドゥアルトは驚《おどろ》いた顔で窓辺に駆け寄った。

「なんだって。図書室で待ち合わせていたのに、時間になってもこないと思ったら」

「仲がよろしいですね。叔父上《おじうえ》とリヒャルトは」

彼の母親であるデルフィーヌには敵視されていたが、ジークはこの学問好きで温厚《おんこう》な叔父に対しては親しみを持っていた。境遇《きょうぐう》のせいで人の悪意には敏感《びんかん》な性質になってしまったが、叔父からは微塵《みじん》もそんな気を向けられないのでほっとできる。

自分が呼んでくるからと言い置いて部屋を出ると、ジークはそのまま庭に出た。目当ての二人を見つけ、足を止める。

女性と向かい合って何やら話しているリヒャルトは、そつのない笑《え》みを浮《う》かべているところを見ると、また誘《さそ》いを断ろうとしているのだろう。だが今回は女性のほうもなかなか諦《あきら》めが悪いらしい。

こちらに気づいてかリヒャルトがちらりと目を向ける。ジークは笑顔を作ると、ひらひらと手を振《ふ》ってやった。誰《だれ》であるのか認識《にんしき》したようで、リヒャルトがぎょっとした顔になる。

即座《そくざ》に女性を振り切ったらしく、彼は慌《あわ》てた様子でこちらへ駆けてきた。

「――ジーク！　一人でこんなところをうろうろしないでください。ご自分の立場をわかってらっしゃるんですか？」

「困っているようだから助けてやったんじゃないか。小言よりまず感謝したまえ」

人目を避けて木陰《こかげ》に押しやられながら、ジークはにやりと笑みを向けた。

「いつになく手こずっていたな。随分《ずいぶん》押しの強い令嬢《れいじょう》だったらしい。あのまま放置していたほうがきみのためだったかな」

「道を聞かれて、案内をしていただけですよ」

「そのままきみの部屋まで連れていけばよかったのに」

「冗談《じょうだん》じゃない。俺も暇《ひま》じゃないんですから」

「叔父上と二人で図書室にこもるよりは、はるかに健全だと思うが」

「ああ、そういえばエドゥアルト様との約束が――」

思い出したように踵《きびす》を返そうとする彼を、ジークはすかさず腕《うで》をつかんで引き留めた。

「声をかけられるうちが華だぞ。もっと積極的に女性と遊べ。命令だ」

リヒャルトは目を瞠《みは》り、すぐにきっぱりと答えた。

「嫌《いや》です」

「私の言うことが聞けないのか？」

「俺は女性は苦手です」

「嘘《うそ》をつくな。女性が苦手な男など、この世に存在するわけがない」

「ジーク……。いい加減にしてくださいよ」

眉《まゆ》をひそめて抗議する彼に、ジークはやんわりと視線をやった。

「私に遠慮《えんりょ》しているのか？」

じっと見つめると、リヒャルトの表情が少し強《こわ》ばった。ジークは鼻を鳴らして手を放《はな》した。

「心配せずとも、前ほど暇は持てあましていない。きみと違《ちが》って私は好機を逃《のが》さない性質《たち》だ」

「……そういえば最近、毎日のようにお出かけですね。どこに行ってらっしゃるんです？」

「野暮《やぼ》なことを聞かないでくれたまえ」

笑って背を向けると、咎《とが》めるような声が追いかけてきた。

「あなたは一人で出歩いていい方じゃないんですよ」

「一人ではない」

「――え？」

「恋人《こいびと》と逢《あ》い引きすると言っている。――邪魔《じゃま》をするなよ」

振り向いて言い置くと、目を丸くしているリヒャルトを残してジークはいつもの四阿へと向かった。


話し声が風に流れて聞こえてくるのに気づいたのは、近道をしようと庭の脇道《わきみち》に入ってまもなくだった。

基本的にフレッドの私室周辺にしか行ったことがなかったが、すぐ傍の館《やかた》が何であるのかくらいは見当がつく。年若い女性たちの笑いさざめく声があちこちから聞こえてくるからだ。

（令嬢たちが泊《と》まっている館か）

何気なく目線をあげると、二階のバルコニーに誰かがいるのが見えた。いくつか年下らしい少女たちに囲まれて、きゃっきゃと楽しげに話をしているのがリディだと気づき、ジークは意外な思いでそれを見つめた。

（あんなに楽しそうな顔もできるんじゃないか……）

とすると、自分といる時のあのつれない表情はやはり迷惑《めいわく》がっているのかと、ぼんやり考えながら眺《なが》めていると、誰かに呼ばれたのか少女たちが中へと入って行った。一人残ったリディはそれを微笑んで見送り、おもむろに庭のほうへ向き直った。

手に持っているのは、彼女が毎日読み込んでいる台本だろう。『妹』たちがいなくなった途《と》端《たん》、また台本読みをやるつもりらしい。熱心なことだ、とつぶやいて視線を戻《もど》したジークは、彼女が直前までと打って変わって真剣《しんけん》な表情をしていることに気がついた。

「——『あなたはご存じないでしょう。おろかな娘《むすめ》が、毎夜くみあげた星の湖。あなたを天に帰すまいと働いた、ゆるされない罪のしずく——』」

すっ、と胸に息を吸い込むような仕草をすると、彼女は今度はにこやかな表情へと変貌《へんぼう》した。いつもの穏《おだ》やかな微笑とは違う。そう思いながら見ていたジークは、彼女が今、『演じている』最中なのだと理解した。

「『けれど、それももう終わりです。みずがめは残らず転がして、星の湖を作りましたの。あなたの乗っていらした月の船が、今頃《いまごろ》きっと、港であなたを待ちわびています。心配性《しんぱいしょう》な従者たちは、もう二度と船を出してはくれないでしょうね。そうなれば、もう……』」

「……『ではもう一度くみあげておくれ。愛《いと》しい乙女《おとめ》よ』」

突然割り込んだ相手役の台詞《せりふ》に、リディが驚いたように顔をあげた。声の主を捜《さが》して目線をめぐらせた彼女が、ようやく気づいてこちらを見下ろす。

「『二度とあなたの傍から離れられないように、私の帰り道をなくしてほしい。港をふさぎ、みずがめを満たして、――思う存分、私を独占《どくせん》すればいい』」

目を見開いて見下ろすリディに、ジークは軽くため息をついてみせた。

「寒いな。とても素面《しらふ》では言えない。女王陛下を尊敬申し上げるよ」

「ジークさま……。どうしてその台詞をご存じなのですか？」

「あなたと女王陛下の蜜月《みつげつ》とやらが気になったのでね。いつの日か私とも蜜月を送ってくれるよう、のぞき見て予習しておいた」

それにしても妙《みょう》な台本だと、ひそかに思いながら答える。男役のほうの台詞も、どことなく女性じみているように感じるのだ。そういうところが案外女性に受けていたりするのだろうかと考えていると、ふっとリディが嬉《うれ》しげに笑ったのに気がついた。

「わたくしも女王陛下を尊敬申し上げています。わたくしたち、気が合いますわね」

あくまでそれが大事らしい彼女の宣言に、ジークは続けたかった言葉を言い損《そこ》ねた。表情が一変して驚いたこと、そして、本当に尊敬したのは演劇に対する真摯《しんし》な姿勢と情熱を持ったリディであること――。

（……言ったところで伝わらないだろうな）

あっさり反応が予測できたため、ジークは大人しく彼女が下りてくるのを待つことにした。

連れだって四阿へやってくると、リディはジークの手みやげの果実酒を見て声をはずませた。

「まあ、杏《あんず》のお酒。陛下が一番お好きなお酒ですわ」

「……たまには女王陛下と関連のないことを言ってみる気はないか？」

何につけても女王のことが一番な彼女にはもう慣れたが、軽く皮肉を言ってみる。しかし当然「ありません」と返事がきて、それからついでのように質問された。

「今日は、どうしてあの館の前を通られたのですか？」

「ああ。そこで従弟《いとこ》と会ったのでね。話をしたついでに近道をした」

「従弟君と……」

不思議そうにつぶやいて、彼女は思い出したように続けた。

「そういえば、ジークさまはどういったご関係でこちらのお城にいらしているのですか？」

「ほう……？　ようやく私のことが知りたくなったのか。いい傾向《けいこう》だ。しかし、その質問はもっと早くにしてくれてもよかったと思うが」

あ、と口元に手をやり、リディはすまなそうに答えた。

「申し訳ありません。あまり興味がもてなくて……」

「……」

「それに、むやみに殿方《とのがた》に詮索《せんさく》をすると勘違《かんちが》いをされるからと、陛下に言われていますし」

「……なるほど」

ジークは、彼女の女王大好きぶりはもう諦めることにした。

「友人なのだよ。城主の息子《むすこ》とな。それで遊びにきている」

「まあ、フレデリックさまと？　奇遇《きぐう》ですね。わたくしも親しくさせていただいております」

ああ、とジークはつぶやいた。二人は親戚《しんせき》同士だ。親しいのも道理だろう。

持参した杯《さかずき》に酒を注ぎ、早速《さっそく》楽しんでいると、リディが遠慮がちに切り出した。

「従弟君とは、どういったお話をなさったのですか？」

「おやおや……。今日はやたらと質問《しつもん》攻《ぜ》めじゃないか。どういう風の吹《ふ》き回しかな」

「いえ、少し……ジークさまがいつもと違うような気がして、気になってしまって」

「違う？　何がだ」

「うまく言えないのですが……、なんだか、苛立《いらだ》っていらっしゃるように思えて」

躊躇《ためら》うように小首を傾《かし》げて言った彼女を、ジークは少し驚《おどろ》いて見つめた。言われて初めて、そうかもしれないと気がついたのだ。自分でも自覚していなかった内心を当てられ、ぎくりとしたが、すぐに平静を取り戻して微笑む。

「――きかん気で困っていてね。青春を無駄にするなと説教してやっても、一向に聞き入れようとしない。女性が苦手だからと言っているが、あえて自分から寄せ付けないようにしているように見える。極端《きょくたん》に自制しているのか、私に遠慮しているのかは知らないが……」

真面目《まじめ》な顔で聞いていたリディは、じっと見つめたまま口を開いた。

「でも、ジークさまも、そういうふうに見えますわ」

「私が？」

意外な思いでジークは眉《まゆ》を上げ、軽く笑った。

「どちらかというと来る者は拒《こば》まない主義だよ、私は。血筋と家柄《いえがら》がよくて、面倒《めんどう》な親戚がいない女性なら誰《だれ》でもいい」

縁談《えんだん》相手の条件を彼女にも披露《ひろう》して、さりげなく探《さぐ》りを入れてみる。

「あなたも見たところ良家の令嬢だ。そういった覚悟《かくご》はあるのだろう？」

「それはもちろん……、お家のため、お国のためなら、どなたにでも嫁《とつ》ぐつもりです。でも、それなりに理想は持っていますわ」

「ほう。どんな男が好みだ」

「そうですね……。一言で言うなら、女王陛下のような方が好きです」

半ば予想通りの答えが返ってきて、ジークは呆《あき》れて頬杖《ほおづえ》をついた。毎度こういう話になると必ず女王のことを持ち出されるのは、もしかして予防線を張られているのだろうか。

「女王陛下の劇団には、さまざまな方がいらっしゃいます。貴族の方、街でご商売を営むお家の方、女優を夢見て地方から出てこられた方、王宮で働いておられた方……。ですが、劇団の中ではそのような身分差は存在しません。あるのは、ただ陛下をお慕《した》いし、陛下のために純粋《じゅんすい》に尽《つ》くす心のみです」

「貴族の娘と商人の娘と王宮の使用人が、分け隔《へだ》て無く接していると？　まるで絵空事だな」

「わたくしも、恥《は》ずかしながら以前はそう思っていました。でも、陛下はそれを現実に成し遂《と》げられた御方なのです。わたくしたちのために楽園を創《つく》ってくださった……。素晴《すば》らしい御方です」

頬《ほお》を染めて語るリディを、ジークは頬杖をついたまま眺めた。

「私が聞きたいのは、あなたの理想の結婚像だ。女王陛下に対するのろけではない」

「はい。ですから、そういう関係が理想なのです」

「……どういう関係だ？」

「つまり……、たくさん奥様を持っておられて、かつ奥様同士が結束し、力を合わせて支えてあげたいと思えるような……そんな器量をお持ちの男性が、わたくしの理想の結婚相手です」

「……いや。いないだろう。そんな男」

夢見る乙女といった態《てい》で語ってくれたが、夢見る方向性が少しおかしいと思いながら指摘《してき》すると、彼女は驚いたように身を乗り出した。

「えっ。そうでしょうか」

「一人の男に大勢の妻がいるとは、言ってみればハーレムのようなものだろう。そんなことができる者は身分的に限られてくる。それに、ただ単純に浮気《うわき》な男では駄目《だめ》なのだろう？　夢を壊《こわ》すようだが、はっきり言ってそう器用に立ち回れる男はこの世に存在しない」

「そんなことはありません。必ずどこかにわたくしの理想の殿方はいらっしゃるはずです」

「私もハーレムには興味があるが、妻同士の派閥《はばつ》争いだのを考えると……」

先代国王の時代に起こった妃《きさき》たちの争いは凄《すさ》まじかったという。伝え聞いたそれを思い返してうんざりした気分になっていると、リディが急に瞳《ひとみ》を輝《かがや》かせて見つめてきた。

「まあ、ジークさまもハーレム願望をお持ちなのですか？」

(食いついてきた……)

何が彼女の心に響《ひび》く要素かわからない。しかもなぜか尊敬の眼差《まなざ》しを送られた。

「向上心がおありなのですね。すてきです。見直しましたわ」

「……向上心？」

「はい。あえてそのような難しい環境《かんきょう》にご自分を置き、奥様方から愛と信頼《しんらい》を得るため努力を怠《おこた》らず、かつ奥様方をわけへだてなく愛するよう常に気を配る……。そんな素敵《すてき》な殿方を目指していらっしゃるからこそ、ハーレム願望をお持ちなのでは？」

ふー……、とジークは首を振って息をつく。馬鹿《ばか》にされているのかとちらりと思ったが、彼女はどう見ても本気でそう思っているようだ。一見深窓の令嬢なのに、この偏《かたよ》った願望と思いこみはなんなのだろう。

「あなたはもっと、現実の男を知ったほうがいいな……。恋を知ればとてもそんなことは言えなくなるぞ。——それとも、どうしてもそういう男が好きだと言うなら……」

さりげなく彼女の手をとり、軽く指で顎《あご》先に触《ふ》れる。

「試《ため》してみるか？　私が本当にそんな器《うつわ》を持つ素敵な男かどうか、実際に確認《かくにん》してみるといい」

息がかかるほどの距離《きょり》に近づいてささやくと、リディは不思議そうに見つめ返してきた。

「ジークさま……」

「──ん？」

「どうしていつも、そんなに冗談《じょうだん》ばかりおっしゃるのですか？　それとも、あえて演じていらっしゃるの？」

思いがけないことを訊《き》かれ、ジークは瞬《また》いて彼女を見つめ返した。

「いつもそんなふうでは、そのうちどれが本心かわからなくなってしまうかもしれません。リゼランドにも、ジークさまのように振《ふ》る舞《ま》う男性はいます。ですが、ジークさまのは少し違《ちが》う気がします。ずっと仮面をつけたままだと、戻《もど》ってこられなくなりますわ」

彼女が何を言おうとしているのかわからず、無言で見つめていたジークは、やがてまさかという思いで口を開いた。

「リディ……。ひょっとして私のことを心配しているのか」

彼女はためらうように目を伏《ふ》せ、いつになくおずおずとした口調で言った。

「わたくしのお友達に、同じようなことを感じた方がいらっしゃいました。それで少し、気になって……」

ジークは少し感心するような心地《ここち》になった。そんなことはこれまで誰にも指摘されたことがないし、自分でも考えたことはない。実に興味深い問題提起だった。

言われてみれば確かに、王太子という人格を演じているような気もする。常に悠然《ゆうぜん》として、取り乱すことなく、そう振る舞うよう教育を受けてきた。だから厳密にいえば演じているというのとも違うのだろうが――、もしそんな育ち方をしていなかったら、自分はどんな人間になっていたのだろうか。

「――あなたは本当の私を知らないだろう？　それなのになぜ演じているとわかる？」

試すようなジークの問いに、リディは遠慮《えんりょ》がちにうつむいた。

「知ったふうなことを言うなとお怒《いか》りになるかもしれませんが……。これまで、ジークさまのことを少々軽薄《けいはく》な殿方だと、内心敬遠していましたの」

「……そうだったのか」

あまりに正直に言われて、怒るよりまず呆気《あっけ》にとられる。はい、とリディは神妙《しんみょう》な顔つきでうなずいた。

「ですが、わたくしが間違《まちが》っていましたわ。ジークさまは偽悪《ぎあく》的に装っていらっしゃるだけなのですね」

「偽悪……。ほう。なかなか面白《おもしろ》い推察だ。なぜそう思う？」

「ジークさまのいつもの軽薄な言葉は、心に響きません。でも、従弟君《いとこぎみ》のことを心配していらっしゃる時は、本心からの言葉だとわかりました。それを誰にも悟《さと》られないよう、また軽薄な態度に隠《かく》されてしまわれたので、そう推理したというわけです」

控《ひか》えめな説明に、咄嗟《とっさ》に言い返す言葉が出てこなかった。彼女の分析《ぶんせき》をしばらく噛《か》み砕《くだ》き、ようやく口を開く。

「……私は、従弟を心配しているように見えるか？」

「はい。少なくとも好意を持っていらして、気に掛《か》けていらっしゃるように思えますわ」

随分《ずいぶん》買いかぶられたものだと、ジークは軽く苦笑《くしょう》した。

「そういうわけではない。私はただ楽になりたいだけだ」

「楽？」

不思議そうに繰《く》り返す彼女を見つめ、少し迷う。これに関する本音は、当事者であるリヒャルトにも言ったことがなかった。だが部外者だからこそ言えることもある。結局ジークは口を開いていた。

「昔――、結婚寸前まで行った女性がいたのだが、婚礼《こんれい》前に亡《な》くなってね。彼女の死に従弟も関係しているものだから、彼は私に負い目を感じているらしいのだよ」

「まあ……」

「もともとその女性は彼と縁談があった人だから、私のほうも彼に悪いことをしたような気がしている。だからいっそ、彼が恋人《こいびと》でも作ってくれれば、私も心情的に楽になれる。それだけのことだ」

痛ましそうに聞いていたリディは、やがて、ぽつりと言った。

「ジークさまは、その女性がとてもお好きだったのですね」

ふん、とジークは鼻を鳴らした。うまくないことをした、と思った。女性を相手にこんな辛《しん》気《き》くさい話で同情を買うのは主義に反する。

「さすがの私も、肖像画《しょうぞうが》でしか見たことのない人に恋はできないな。それも親の決めた相手に」

「恋はできなくても、敬愛はしていらしたのでは……？」

彼女の推理は、どこまでも鋭《するど》かった。しばし無言で見つめ返したものの、結局は根負けした気分でジークは少し笑った。

「――そうだな。まだ若かったから……自分の花嫁《はなよめ》になるはずの人が死んだと聞いて、ショックだったよ。時間を巻き戻して、彼女を生き返らせてやりたいと思った。私の妻にならなくてもいいから、あるべき姿に戻ってほしい、とね」

我ながら随分可愛《かわい》いことを考えていたものだと、当時を思い返して遠い目になっていると、リディがふと目をうるませて頬を包んだ。

「わたくし、本当に誤解していました……。なぜこんなに軟派《なんぱ》で軽薄な殿方のために、貴重な台本読みの時間を削《けず》られなければならないのかしらと、自分を不幸だとさえ思っていました」

「リディ……。そんなに鬱陶《うっとう》しいと思っていたのか」

「ジークさまは、本当はとても優《やさ》しい方なのですね。純粋《じゅんすい》で、思いやり深くて、一途《いちず》で……」

「それだけ誉《ほ》めてくれるということは、少しは私のことを好きになってくれたのかな」

にやりと笑って身を乗り出すと、彼女は微笑《ほほえ》んで答えた。

「はい。……少しは、ですが」

ジークは軽く笑って身体《からだ》を退《ひ》いた。大いなる進歩と言っていい答えだったが、さすがにこれで調子に乗るほど愚《おろ》かではない。彼女は好意を抱《いだ》いて長所をあげつらねているわけではなく、ただ感じたことを思うまま口にしているだけなのだ。

「そのこと、従弟君におっしゃったらよろしいのに」

「きみのことが心配でたまらない、と？　……冗談ではない」

「ですが、そうしたほうがジークさまは楽になれるのではありませんか？　従弟君もきっと、そうすれば前に進んでいかれると思います」

前に進む、という言葉に、ジークは一瞬心を衝《つ》かれた。自分はこれまでリヒャルトにどんな思いを抱いていたのか、実はよくわかっていなかったことに気がついたのだ。そして、苦労性《くろうしょう》の従弟に対する自分の思いが的確に表現されて、それをあっさりなし得た彼女に驚《おどろ》いた。

……が、しかし。

「言いたくない」

「なぜですか？」

「可愛くない反応が返ってくるに決まっている」

むすりとして言うと、まあ、とリディは噴《ふ》き出すのをこらえるように口を覆《おお》った。

「ジークさまって、見かけによらず寂《さび》しがり屋さんなのですね」

「そう言うあなたは、優しそうに見えて怖《こわ》い人だな」

お返しのつもりで言ってみると、彼女は恥《は》ずかしそうに顔を赤らめた。

「ごめんなさい。小賢《こざか》しい女と思われるのが嫌《いや》ならやめなさいと、父にもいつも言われているのですが、つい……」

「つい、私のことが気になって分析してしまったわけだな」

気にしているようなのが意外で、ならば冗談にしてごまかしてやろうとすると、リディはそれがわかったのか感謝するような目をした。少し、照れくさそうに微笑む。

「人を演じるには、まず人を知らねばなりません。演劇を始めてから、いつの間にか人間観察が癖《くせ》になってしまいました」

「――なるほど」

乙女《おとめ》らしい好奇《こうき》心《しん》から女優のまねごとをしているのかと思えば、真摯《しんし》な姿勢で臨《のぞ》んでいるし、いつも微笑みながら素っ気ない態度をとっているのに、その笑《え》みの下ではこちらのことをじっくり観察していたらしい。話せば話すほど、彼女のことがわからなくなる。

それまでの興味本位とは違う、もっと本質的なところで彼女のことが気になりだすのをジークは自覚した。油断ならない女性だと認識を変えつつも、ぞくりとするほどの愉《たの》しさを感じている自分がいる。

しかし彼女とのことは破談にしなければならない。そのこともまた、忘れてはいなかった。

「人間観察が得意なあなたに訊《たず》ねよう。私を向上心のある男だと評したな。そんな男が好きなあなたは、私が求婚すればうなずいてくれるのか？」

「ジークさまが陛下の御《おん》ためになる方だと思えば、そうします。でも、そんなことはなさらないでしょう？」

「なぜだ？」

「冗談がお得意ですし、わたくしのことをそんなふうに見てらっしゃると思えませんから」

おっとりと断言するリディに、ジークは黙《だま》ったまま笑った。

さしもの彼女にも、見抜《みぬ》けないことはあるらしい。――そう心の中でつぶやきながら。


妃《きさき》候補選出作業は順調に進んでいるらしく、部屋に戻《もど》ってきたジークはフレッドから書類の束を押しつけられた。

「はいどうぞ。よかったですね、よりどりみどりですよ」

「……」

「あれ、どうしたんですか？　殿下《でんか》念願のハーレムの卵が目の前にあるのに」

無言で書類をめくるジークを、フレッドが不思議そうに眺《なが》める。ジークは軽く息をついて口を開いた。

「きみのお薦《すす》めは？」

「殿下の出された条件に合う方ばかりですよ。あ、ぼくに恋文《こいぶみ》をくれた女性は除外しておきました。あとで三角関係にでもなっちゃったらまずいですしね。でもそれで結構候補者が減っちゃったんですよねえ」

さりげない自慢《じまん》を聞き流しながら、ジークはなおざりに書類を眺めた。ぱらぱらと最後まで見てみたが、当然ながらリディの――シャルロット・ド・グレンデルの名前はどこにもない。

「――フレデリック。シャルロット嬢《じょう》とは、一体どんな女性だ」

「え？　彼女が何か？」

「親しいのだろう。一応は親戚《しんせき》同士なのだから」

ジークの追及《ついきゅう》にフレッドは訝《いぶか》しげに小首を傾《かし》げ、軽く腕《うで》を組んだ。

「親しいと言っても、親戚づきあいの中で知り合ったわけじゃないんですよ。あちらの宮廷《きゅうてい》で女王陛下の妹姫《いもうとひめ》と遊んでいて、たまたま宮廷劇団の皆《みな》さんと知り合ったというわけで」

「そのくだりは既《すで》に聞いている。知りたいのは彼女の人となりだ」

「うーん……。美人で頭の回転も速い人ですが、性格がかなり素敵《すてき》に複雑で……」

「複雑？」

「ええ、複雑です。でもお芝居《しばい》にかける情熱はすごいですよ。今も、公演が近いとかで宮廷劇団のお嬢さんたちは皆いそがしそうで……。せっかくだから城の中を案内してあげようと思ってたのに、毎日台本を読むので遊んでられないって言われましたしね」

最後はぼやくように締《し》めくくる。それから、ふと目線を戻した。

「急にどうなさったんです？　今までは彼女のことなんて興味もないって感じだったのに」

ジークは少しの間黙り込み、結局は白状することにした。

「シャルロット嬢に会った」

「——え」

「かなり気に入った」

「え!?」

目を丸くするフレッドに、ジークはひらひらと手を振《ふ》った。

「言ってみただけだ。陛下のご命令のことは忘れていない。引き続き、妃候補選びに励《はげ》んでくれたまえ」

「……殿下。随分ご趣味《しゅみ》が変わられたんですね……」

信じられないと言いたげなフレッドを訝しげに見やり、ジークはふと手元にあった果実酒の瓶《びん》と妃候補の書類の束を見た。

(——そろそろ、やめにしたほうがいいだろうな……)

この紙の束の中から、自分の将来の妻を選ばなければならない。これは決まったことなのだ。今までのようにのらりくらりと話を延ばしていい状況《じょうきょう》ではなくなったのだから。

その義務を果たすためには、彼女は必要のない人だった。


そんな予感を覚えつつも、彼女の喜ぶ顔が見たくて、翌日もジークは杏《あんず》酒を手みやげに四阿《あずまや》へ出向いた。

意外なことに、その日は彼女のほうも手みやげを持参していた。

「女王陛下が一番お好きな、無花果《いちじく》のタルトですの。昨夜、夢に陛下が出ていらしたので少し寂しくなって……。せめてこれをいただいて思い出に浸《ひた》ろうと思い、持って参りました。ジークさまもぜひ」

「……光栄だ」

まったく意外でも何でもなかった行為《こうい》だと知らされたが、そんなに可愛《かわい》らしい笑顔で差し出されては無下にもできない。

「夢に見るほど好きなのか」

「はい。もちろんですわ」

「ちなみに、あなたの夢に私が出てきたことはあるか？」

「え……？」

なぜそんなことを訊《き》かれるのかわからないという顔をされたので、ジークは早々に話を変えることにした。

「あなたの話を聞いていると、まるで女王陛下に恋《こい》をしているように思えるが。そうなのか？」

何気なく訊ねると、リディの頰《ほお》にぱっと朱《しゅ》が差した。

「まあ……、そんな、畏《おそ》れ多いことです。いやですわ、そんなことお聞きになるなんて……」

「……そうなのか」

「いえっ、違《ちが》います。わたくしの陛下に対する気持ちは、そのようなものではありません」

どう見ても恋心を図星にされて照れまくっているようにしか見えない。ジークはしらけた目つきで流そうとしたが、ふと思いついてまた訊ねてみた。

「あなたはもしかして、男が嫌《きら》いなのか？」

赤くなった頬を押さえていたリディは、その問いに軽く首を傾げた。

「嫌いというわけではないのですが……。女王陛下以外の方に興味がもてないのです。あの方以上の殿方《とのがた》はこの世にいらっしゃらないと思っていますから」

またそれか、とジークは内心つぶやいた。彼女の夫となる者は、どうやら一生女王に嫉妬《しっと》して生きていかねばならないようだ。

「あなたにとっては、世の男というのは道端《みちばた》の石ころのようなものらしいな」

意地悪く嫌味《いやみ》を言ってやると、まあ、と彼女は目を瞠《みは》り、楽しげに口元を押さえた。

「ふふ……。そうですね」

（……肯定《こうてい》するのか）

もはや呆《あき》れることにすら疲《つか》れてきたが、なぜか今日はそれまでにないもやもやとしたものが同時にわいてくる。世の男とひとからげにして石ころ呼ばわりされたからだろうか。

「私のことも、まったく興味がもてないか？」

不機嫌《ふきげん》を押し隠《かく》し、じっと見つめて訊ねると、彼女はどこか戸惑《とまど》ったような顔をした。だがすぐさま微笑の中にそれを溶《と》かした。

「——はい。もてません」

笑顔《えがお》で肯定された時、ジークは自分の中にわだかまっている感情の正体に気がついた。

それは、苛立《いらだ》ちだった。

興味がないというのなら、二人で話をしている時に見せた笑顔は一体何だというのだろう。

彼女が女王を慕《した》っているのはいやというほどわかったから、別段張り合おうとは思わないが、その楽しげな顔までなかったことにされるのは納得《なっとく》がいかない。

自分のことを見て欲しい。破談しなければならない縁談《えんだん》相手にそんなことを求めるのは、王太子として失格だと思いながら、ジークは彼女の手をつかんだ。

「そうか。では、興味を抱《いだ》かせてやろう」

え、と驚《おどろ》いたようにリディが顔を向ける。何か言いかけるのも構わずかがみ込むと、ジークはためらわず唇《くちびる》を重ねた。

早業《はやわざ》に対応できなかったのか、リディは抵抗《ていこう》しなかった。

それどころか身じろぎ一つしない。ついでに言うなら呼吸すら止まっている。ややあってそれに気づき、ジークは少し唇を離《はな》した。

「……リディ?」

ささやきにも反応がないので、もう少し顔を離してみる。と、目を見開いたまま固まっているのに気がついた。まるで魂《たましい》が抜《ぬ》けてしまったように呆然《ぼうぜん》とした表情だった。

やがて彼女は無言のまま、よろりと立ち上がった。ふらふらと四阿を出ていくので、ジークは驚いて腰《こし》を上げた。

「リディ」

呼びかける声も耳に入っていないようで、おぼつかない足取りで庭のほうへ出ていく。

と、彼女の行く手に急に障害物が現れた。

「わ……っ、──失礼、大丈夫《だいじょうぶ》ですか？」

横から出てきた障害物はリヒャルトだった。咄嗟《とっさ》に抱きとめた彼をリディははっとしたように見上げたが、それで何かの切り替《か》えが入ったらしい。ふらついていたのも忘れたように、そのまま走り去ってしまった。

こちらに気づいたリヒャルトが、訝しげな顔でやってくる。

「紅薔薇騎士団の一行が到着《とうちゃく》したそうなので、お知らせしようと思って捜《さが》していたんですが。──もしかして、さっきの方が例の恋人ですか？」

「……」

ジークは顎《あご》に手をやり、らしくもなくただため息をついた。

翌日もその次の日も、リディは待ち合わせにこなかった。

二日連続で待ちぼうけをくらい、さすがに彼女を傷つけてしまったと後悔《こうかい》したものの、謝ろうにも連絡《れんらく》の取りようがわからない。だが、気になりつつもそれだけに気を取られてはいられなかった。妃を選ぶ期限が近づいているからだ。件《くだん》の夜会は三日後。それが終われば令嬢《れいじょう》たちは国へ帰ってしまうし、ジークも王都へ戻《もど》らねばならない。

「そんなに決められないのなら、くじ引きでもしてみますか？」

妃候補の書類をカード遊びのように差し出すフレッドは、ジークが決めあぐねていると思っているようだった。横にいたリヒャルトがそれを軽く制する。

「フレッド。ジークはまだシャルロット嬢のことで気持ちの整理がつかないみたいなんだ」

「え……、あれって本気だったの？　てっきり冗談《じょうだん》かと思ってたよ。やっぱり殿下も強い女性にいじめられるのがお好きだってことなのかな」

別の書類の束を眺《なが》めていたジークは、声をひそめて話す二人を見もせずに口を開いた。

「聞こえている」

「あ、すみません。――でも、酷《こく》なようですが彼女のことは諦《あきら》めていただくほかありませんよ。陛下の命令に逆らってまでお妃にするには、ちょっと危険が高すぎる。他《ほか》の方なら、どなただろうとぼくが愛の使者に立って差し上げます。お願いしますよ。やっとぼくも平穏《へいおん》な日々を送れそうなんですから」

彼が祖母デルフィーヌのことで苦労してきたことは、ジークもよく知っている。同じ事を繰《く》り返すのは、上に立つ者として避《さ》けねばならないことだ。第一、当のシャルロット本人が破談にしてくれと言ってきているのを忘れてはいけない。

「それにそういう政略以前に、たぶん彼女、恋人がいるんじゃないかなあ。勘《かん》ですけどね」

フレッドの情報に、ジークは眉《まゆ》をひそめた。あれだけ女王に首ったけのようでいながら他に恋人がいるとしたら、振《ふ》り回されている自分はとんだ道化者《どうけ》だ。だが、それももう、わざわざ真偽《しんぎ》を確かめる気にはなれなかった。いつまでも浮《うわ》ついているわけにはいかない。

「静かにしたまえ。私は今、重大な選択《せんたく》を迫《せま》られているのだ」

「いや、ぼくらは静かにしてますよ」

「さっきから地響《じひび》きのような音が聞こえているが」

「あれ。そう言えばそうですね……」

不思議そうにフレッドがつぶやいた時だった。

バーン、とけたたましい音をたてて扉《とびら》が開き、三人は驚いてそちらを見た。

戸口に立っているのは一人の若い女性だった。ジークは一瞬《いっしゅん》、目を疑った。

（リディ？）

だがすぐに見間違《みまちが》いだと気がつく。一見すると顔立ちはよく似ていたが、明らかに別人だった。すらりとした立ち姿、銀色の髪《かみ》をなびかせ、肩《かた》で息をしている彼女は、リディよりも少し冷たそうな印象のある美貌《びぼう》である。

彼女は堂々とした態度で室内を見回すと、ふいににっこりと艶《あで》やかな笑みを浮《う》かべた。

「ウフッ。ごめんあそばせ」

「……やあ、シャロンじゃないか。何か用かい？」

目を丸くしていたフレッドが、我に返ったように笑顔になる。彼女はそれに自分も笑顔で応じると、持っていた包みを開いて中身を取り出した。出てきたのは、ぐるぐると毛糸の巻き付けられた人形のようなものだ。

おもむろにそれを壁《かべ》に押しつけると、彼女は思いきり振りかぶって拳《こぶし》をたたき込んだ。ごすっ、と重々しい音が響き渡《わた》る。

——静まり返る部屋の中、彼女は笑顔で振り返って言い放った。

「滅殺《めっさつ》したい男がいるの。一緒《いっしょ》に捜してくださる?」

突然《とつぜん》の暴挙《ぼうきょ》と不釣《ふつ》り合いな笑顔に三人が呆然となる中、もう一度人形をなぐりつける。心なしか壁伝いに部屋が揺《ゆ》れた気がした。

「あはは……、一体何事だい? 滅殺だなんて、おだやかじゃないね」

笑って答えたフレッドにずんずんと歩み寄ると、彼女はいきなり彼の胸倉《むなぐら》をつかんだ。

「もちろん、協力してくださるわよね? リディのことが絡《から》んでいるんですのよ」

「リディ? 彼女がどうかしたの?」

意外そうにフレッドが聞き返し、ジークも驚いて彼女を見た。ふっと笑みを消し、彼女は相手を殺しかねない鋭《するど》い眼差《まなざ》しでフレッドをにらみつけた。

「退団する、と言っているの。これがどういう意味か、おわかりよね?」

「退団……、なんだって!」

フレッドの顔色が変わった。銀髪《ぎんぱつ》の彼女はいまいましげにうなずく。

「宮廷劇団の団員は、清らかな心と身体《からだ》が必須《ひっす》条件——すなわち純潔の乙女のみが所属することを許される。団員が退団を希望するのは、人妻になるための卒業退団、もしくは不慮《ふりょ》の事故等により乙女として舞台《ぶたい》に上がる資格がなくなった時のみ……！」

「彼女に結婚の予定はないはず。つまり――」

「そう。リディの純潔が、何者かによって踏《ふ》みにじられてしまったということですわ！」

再び人形にぼすりと拳をめりこませて、彼女が叫《さけ》ぶ。みるみる青ざめたフレッドが、ふいに鋭い目つきになって懐《ふところ》に手を入れた。

「……シャロン。八つ裂《ざ》きにしてやりたいから、その男のことを詳《くわ》しく教えてくれる？」

「それはあたくしのほうが知りたいわ。ただ、彼女、最近毎日のように男と会っていたようなの。きっとその男に不埒《ふらち》な振る舞《ま》いをされたに違《ちが》いありませんわ。退団後は出家して陛下にお詫《わ》びするとまで言っていますのよ！」

憎々《にくにく》しげに声を震《ふる》わせ、彼女は邪悪《じゃあく》にも見える笑みでフレッドに迫った。

「リディをそんな目に遭《あ》わせた男を捜し出してくださるかしら？　あなたはこの城のご子息ですもの、滞在《たいざい》中の方はすべて把握《はあく》してらっしゃるはずよね？　連れてきてくださるだけでいいの。あとはあたくしが責任を持って事情を聞いて、地獄《じごく》までご案内して差し上げますから」

「なんてことだ……！　リディが会っていたくらいだから、少なくとも身分のある人だろ？　そんな人はものすごく限られてくるけど……」

愕然《がくぜん》として言ったフレッドは、やがて真顔になって懐から短剣《たんけん》を取り出した。

「わかったよ、協力しよう。ぼくの美貌にかけて、リディを傷つけた男を必ず抹殺《まっさつ》する」

「………」

殺伐《さつばつ》とした雰囲気《ふんいき》が漂《ただよ》う中、ジークは黙《だま》ったまま二人のやりとりを見ていた。

もしかしなくとも、これがどんな事態なのかは予想がつく。二人が捜して滅殺だの抹殺だのしようとしている男とは、間違《まちが》いなく自分のことだろう。だが今はそんなことより阻止《そし》すべきことがあった。

「取り込み中すまないが。リディが出家しようとしているのは本当か？」

口を挟《はさ》むと、シャロンが訝《いぶか》しげに目線を向けた。同じくこちらを見たフレッドが、ふと眉をひそめる。

「……リディをご存じなんですか？　まさか……」

「グレンデル公爵《こうしゃく》の令嬢だろう。庭で偶然《ぐうぜん》会った。彼女と毎日会っていた男というのは私だ」

「お待ちになって。一体何のお話ですの？　グレンデル公爵の娘《むすめ》はあたくしです」

「──何？」

ジークは驚《おどろ》いて彼女を見つめた。

「あたくしがシャルロット・ド・グレンデルですわ。──それで？　リディのことをよくご存じらしいあなたは、一体どこのどちら様なのかしら……？」

事情を察したのか、シャルロットの目に殺気が宿る。次の瞬間《しゅんかん》、それまで呆気《あっけ》にとられたように黙っていたリヒャルトが、彼女を素早《すばや》く横抱《よこだ》きに抱《かか》え上げた。

「失礼します！　ジーク、逃《に》げてください、危険です！」

彼女を抱えたまますごい勢いで戸口へ向かい、扉を開けて出ていく。王太子に対する殺意を瞬間的に感じ取ったらしい。さすがのシャロン嬢もその素早い動きに咄嗟《とっさ》に対応できなかったのかそのまま引きずり出されたが、閉まった扉の向こうからは凄《すさ》まじい罵倒《ばとう》が聞こえてきた。

「——ぼくが逃がさない」

リヒャルトの忠誠心と自己犠牲《ぎせい》に感動する間もなく、もう一人からの殺気を感じて振り返る。いつになく目が本気なフレッドに、ジークは軽く目眩《めまい》をおぼえて眉間《みけん》を押さえた。

「待ってくれ。では……、あのリディという令嬢は、何者だ」

「リゼランド宮廷の内務大臣であられるユベール侯爵《こうしゃく》の令嬢で、女王陛下の従妹《いとこ》にあたる方です。リディエンヌ・ド・ユベール」

出された名前をつぶやいて、すばやく宮廷相関図を頭の中に広げる。言われてみれば、父親の名には聞き覚えがあった。

「手を出したんですか？」

「……そんなに怖《こわ》い目で見るな……」

「出したんですね」

冷たい確認《かくにん》の声を聞きながら、勘違《かんちが》いの人違いをしていたことに気づいて脱力《だつりょく》しそうになる。まさか似たような容姿の女性が二人いるなんて誰《だれ》が思うだろう。だが確かに、リディという愛称《あい》《しょう》を聞いて不審《ふしん》に思わなかった自分が間抜《まぬ》けだったと、認めざるを得ない。

なんてことだ、とフレッドがつぶやく。どこか苛立《いらだ》ったようにため息をつき、軽く天井《てんじょう》を仰《あお》いだが、やがて少し非難めいた目つきで視線を戻《もど》した。

「どうするんですか？　遊びなら、ここにいるシャロンや宮廷劇団のお嬢さん方に半殺しにされれば、まあ話は終わりです。でも本気ならそういうわけにはいきませんよ」

根回しがされた縁談《えんだん》を壊《こわ》せば、当然宮廷勢力への影響《えいきょう》が出るはずだ。国王の命令があるからシャルロット以外の妻を選ぶのに躊躇《ためら》いはないが、そうなるとおそらくはリディエンヌに対しても何らかの風当たりは出てくるに違いない。それを覚悟《かくご》した上で考えろとフレッドは言いたいのだろう。もちろんジークにもそれは痛いほどよくわかっていた。

何か考えるように黙り込んだフレッドが、真面目《まじめ》な顔になって見つめてくる。

「……彼女なら血筋も家柄《いえがら》も問題ない。ぼくが知る限り、面倒《めんどう》な親戚《しんせき》もいません。父君は親《しん》女王派の筆頭ですしね。殿下の出された条件にぴったり当てはまりますが？」

「……」

本気で望めば、アルテマリス王太子である自分に手に入らないものはない。だがこれまでは欲しいものは皆向こうからやってきた。誰かに用意されたものを選んでいればよかった。

（まさか、妃を自分の意志で選ぶ日がこようとは……）

それがこんなにも難しい行為《こうい》であるというのを、ジークは生まれて初めて知ることになった。

その日は雨が降っていた。

リディエンヌは窓辺に座り、灰色にけぶる景色をぼんやりと眺《なが》めていた。

この城に来て以来初めての雨だ。だから今日はあの四阿《あずまや》へは行けない。誰もこないはずの、城主の私的な庭園。ある日突然そこに現れた、あの彼との待ち合わせに——。

しおれた花のような様子を遠巻きに見ていた少女たちが、気遣《きづか》わしげに目を見交《みか》わした。

「ねえ、見て。リディおねえさまが、あんなに大きなため息をついていらっしゃるわ」

「シャロンおねえさまが言ってらしたわ。リディおねえさまが元気がないのは、不埒な男のせいだって！」

「許せないわよね。わたくし、シャロンおねえさまがその男を連れていらしたら、思いっきり腕《うで》をつねってやるわ」

「わたくしもよ！ついでに出がらしのお茶をお見舞《みま》いして、渋《しぶ》い思いをさせてやるわ！」

「じゃあわたくしは、本の角を頭にぶつけてやるわ。あれ、とっても痛いのよね」

「みんなでこてんぱんにやっつけてやりましょうよ。断固、抗議《こうぎ》だわ！」

「男なんてフケツよね！」

宮廷劇団の『妹』たちが憤然《ふんぜん》と話し合っているが、その内容すら耳に入らず、リディエンヌの意識はいつの間にか白薔薇《しろばら》の咲《さ》き乱れる四阿へと向かっていた。

脳裏《のうり》に浮《う》かぶのは、毎日あの場所で話をしたジークという青年のことだ。

かわしたのは、どれも他愛《たわい》のない話だった。実際、それほど盛り上がったような記憶《きおく》もない。

彼はいつも飄々《ひょうひょう》としていて、あまり感情を表に出す人ではないようだった。

どうして毎日会いに行ったのだろう。それが自分でも不思議でたまらない。本当に疎《うと》ましく思っていたのなら、わざわざ彼に会いに行く必要はなかったはずだから。

「……？」

戸口のほうがざわめいたのでそちらを見ると、フレッドが入ってくるところだった。男子禁制の劇団の練習部屋だが、女王はじめ団員とも親しい彼は特別なのだ。

妹たちに席をはずさせた彼は、静かになった部屋をあらためてこちらにやってきた。

「やあ、リディ。出家しようと思ってるんだって？」

開口一番明るく言って、彼はリディエンヌの座る椅子《いす》の傍《そば》に跪《ひざまず》いた。

「事情は聞いたよ。ごめんね。ジークは……ぼくの友人なんだ」

すまなそうに言われ、少し動揺《どうよう》する。そういえばジークもそう言っていたと思いだし、リディエンヌはおずおずと口を開いた。

「いつも……すごく退屈《たいくつ》そうな顔をされている方ですね。あんなにお綺麗《きれい》で……きっと恵《めぐ》まれたご身分にある方でしょうに」

どうしていつもそんなにつまらなそうにしているのかと、理由を訊《き》いてみたかった。たまに笑うことはあってもあまり楽しそうに見えない。あのどこか冷めたような表情が、いつからか心に引っかかるようになっていた。世の中に厭《あ》きている、というのとはまた違う気がして。

（許嫁《いいなずけ》を亡《な》くされたそうだから、そのせいかしら……）

あの話を聞いた時、彼がただの軽薄《けいはく》な若者ではないと知り――、印象だけで決めつけていた自分を猛烈《もうれつ》に反省したものだ。あの時のジークの目が、今でも忘れられない。

「彼のことが気になる？　だから出家するなんて言ってるのかな」

見透《みす》かしたように微笑《ほほえ》まれ、どきっとしてリディエンヌは瞬《またた》いた。

彼はいつも、とても鋭《するど》い。女王以外の人を気にしている後ろめたさに、とっくに気がついているようだった。

フレッドはふと目を伏《ふ》せ、ゆっくりとリディエンヌの手をとった。

「出家をする前に、一つ聞いてほしいんだ。実は今、王太子殿下もこの城にいらしてる」

「まあ……アルフレート殿下が？」

「うん。それでね――、きみのことをどこかでご覧になったらしくて、お見初《みそ》めになったそうなんだ」

リディエンヌは驚いて彼を見つめた。

「それは、つまり……」

「そう。きみに、お妃になってほしいと言ってらっしゃるんだよ」

まさしく寝耳《ねみみ》に水としかいいようのない申し出だった。リディエンヌは呆然《ぼうぜん》とした。

「でも……、殿下のお相手はシャロンでしょう？　そのためにここへいらしたのでは……」

「そのはずだったんだけどねえ。きみのことが好きになっちゃったみたいなんだ。ハハハ」

呑気《のんき》な顔で笑ったフレッドは、少しあらたまった顔になり言葉を継《つ》いだ。

「たぶんそのことではごたごたがあると思う。けど、どうしてもきみがいいんだって。厄介事《やっかいごと》はすべて処理するから、心配せずにアルテマリスに来てくれないかとおっしゃってる」

　どきどきと胸が早鐘《はやがね》を打ち始めた。

　王太子がそこまで望む話を断れるわけがない。それに大国アルテマリスと縁《えん》が結べるとなれば、女王にとっても願ってもない話のはずだ。個人の感情でどうこうできる話ではない。

　まだ若く、政略の駒《こま》とするべき娘《むすめ》を持たない女王のため、自分がその役目を果たそうと昔から決めていた。だから心はすぐに決まった。来《きた》るべき日が来ただけのことだ。

「わかりました。殿下のおっしゃるとおりにいたします」

「本当にいいの？」

「はい。それがリゼランドと陛下の御《おん》ためになるのなら、喜んで」

「でも、好きな人がいるんじゃない？」

　たたみかけるような問いかけに、リディエンヌは微笑んで答えた。

「わたくしは恋《こい》をするのは劇中のみと決めています。女王陛下はわたくしたちのため、いろんな恋人を演じてくださっていますし」

　女王が創《つく》った楽園。自由に恋愛《れんあい》などできない娘たちのため、たくさんの恋を与《あた》えてくれた。とても楽しくて居心地《いごこち》が良かったが、いつかは旅立たねばならない場所だ。

「そうだね。だからぼくも安心してた。安心というか……、油断、かな」

　一瞬目を伏せ、つぶやくように笑って付け加えると、フレッドはまた顔をあげた。

「でも今は違《ちが》うだろ？　きみはジークのことが気になってる。——きみがぼくを見抜《みぬ》いたように、ぼくもきみの心を読めるんだよ」

「そんな、わたくしは……」

「わかるよ。断れるわけないよね。王太子命令だもんねえ」

フレッドは笑って、リディエンヌのもう片方の手をとった。その指先に視線を落とし、しばらく黙《だま》っていたが、次に目をあげたとき彼の瞳《ひとみ》は思いがけず真摯《しんし》な色をしていた。

「——逃《に》げ出したいなら、つきあうよ」

「え？」

「人知れずどこか遠くへ行けば、アルテマリスには行かなくて済む。きみさえよければ、ぼくが連れていってあげるよ」

「どうして……？」

「アルテマリスになんか行きたくないって、顔に書いてある」

戸惑《とまど》うリディエンヌに笑って答えたフレッドは、軽くため息をついて続けた。

「正直ぼくは気が進まないんだ。アルテマリスへ来れば、危ない目に遭《あ》ったり嫌《いや》な思いをしたりすると思うし。けどきみの気持ちを考えると、無理やり攫《さら》って逃げたりなんてこともできないし……」

「フレデリックさまは、わたくしが王太子妃になるのがお嫌なのですか？」

やけにしぶっている様子なのが不思議で、リディエンヌは首をかしげた。彼はこういうことには割り切っている人だと思っていたのだ。たとえそれが、『一生の親友』の誓《ちか》いをかわした相手だったとしても。

フレッドはしばし黙り込み、ぽつりと答えた。

「うん。嫌だ。きみが他《ほか》の誰《だれ》かのものになるなんて……耐《た》えられないよ」

「まあ」

「なんてね。冗談《じょうだん》さ」

目を見開くリディエンヌに笑ってみせ、フレッドは気を取り直したように続けた。

「今のアルテマリスにはきみが必要だ。王太子妃不在が長くなりすぎるのはまずいし、きみが来てくれたらリゼランドとの関係も安泰《あんたい》だし。何より、きみのように素敵《すてき》な人が王妃様だったら、生涯仕《しょうがいつか》える甲斐《かい》があるしね」

そう言った彼の明るい声に、リディエンヌもほっとする。いつも陽気な彼が沈《しず》んでいると、こちらも不安になってしまうから。

「心配してくださって、ありがとうございます。でも、大丈夫《だいじょうぶ》ですわ。大切な大親友がいらっしゃる国ですもの。王太子殿下にも心を尽《つ》くしてお仕えします」

本心からそう言うと、フレッドは笑《え》みを返してくれた。気のせいかいつもより少し元気がないように見えたが、それを確かめる間もなく、彼はそっとリディエンヌの手に唇《くちびる》を寄せた。

「ありがとう、リディ。――ぼくが一生、きみを守るからね」

その夜、リディエンヌは手紙を書いた。

宛先《あてさき》はジークだ。フレッドに相談したら賛同してくれたので、今の自分の気持ちを素直《すなお》に綴《つづ》った。短い間だったとはいえ毎日四阿《あずまや》で会った相手だし、けじめもつけたかったから、他の人と結婚《けっこん》することになったという報告もした。ただ、フレッドの助言もあって、嫁《とつ》ぐ相手が王太子ということは伏せておいた。

——返事はこなかった。

フレッドからそれを知らされた時、自分が落胆《らくたん》していることにリディエンヌは気がついた。

けれども、そのことであれこれと思い悩《なや》んでいる暇《ひま》はあまり残されていなかった。

翌日にはもう、王太子とひそかに対面する手筈《てはず》が整えられていたから——。


「——緊張《きんちょう》してる？」

扉《とびら》の前に立ったリディエンヌは、その問いに微笑んで応じた。この扉の向こうに、いずれ夫となる王太子が待っているのだ。

「はい。少し」

「そんなに怖《こわ》い方じゃないから、大丈夫だよ」

笑って扉の取っ手に手をかけたフレッドは、背を向けて少しの間黙りこんだ。

「……意地悪してごめんね。リディ」

「え……？」

言われた意味がわからず不思議に思っていると、彼はちらりと微笑を向け、何も言わずに扉を開いた。

フレッドの私室――明るい部屋の窓辺に、金髪《きんぱつ》の青年が立っている。窓枠《まどわく》に寄りかかり、杯《さかずき》をもてあそびながら外へ目を向けていた彼は、不審《ふしん》そうにこちらに視線を向けた。

次の瞬間《しゅんかん》、リディエンヌは、彼の『驚《おどろ》いた表情』を初めて見ることになった。が、こちらも同じくらい驚いていたので、そのことに感動を覚える余裕《よゆう》は持てなかった。

「あの方がアルテマリスの王太子殿下であらせられる、アルフレート・ジークヴァルト・グリゼライド様だよ。本当はもっと長い名前をお持ちなんだけど、それはご本人に聞いてね。――殿下、ユベール侯爵令嬢《こうしゃくれいじょう》をお連れしました。あとはよろしくお願いします」

杯を持ったまま立ちつくしていたジークは、ふと眉根《まゆね》を寄せてフレッドを見やった。

「謀《はか》ったな」

「いやだなあ、謀るだなんて。愛の天使に向かってひどいですねえ」

「……私がつい昨日彼女に手紙でふられた時、きみは確か知らん顔をしていたと記憶《きおく》しているが。今さらそのような紹介《しょうかい》の仕方をする意図は何だ？」

「恋のときめきや切なさを経験できて、よかったじゃないですか。ねえ、リディ？」

「……」

リディエンヌは呆然《ぼうぜん》とその場に立っていた。不機嫌《ふきげん》そうな顔つきでフレッドに文句をつけている彼を、ひたすら見つめたまま。

（ジークさまが、王太子殿下？　わたくしに求婚《きゅうこん》なさった、あの……？　でも、そんなこと、一言も……）

混乱しながら考えをまとめているうち、あまりにも驚きが過ぎて、涙《なみだ》がこみあげてきた。顔を覆《おお》って泣き出したリディエンヌを見て、フレッドがすかさず肩《かた》を抱《だ》く。

「ひどいよねえ。きみをずっと騙《だま》してらしたんだよ？　庭で適当に声をかけて引っかけてさぁ。ほんと軟派《なんぱ》なんだから。一国の王太子ともあろう方とは、とても思えないよねえ」

「……おい」

「昨日は昨日で、手紙の返事も出さずにさ。それできみがどんなに心を痛めたかも知らないで、一人で失恋《しつれん》の余韻《よいん》に浸《ひた》ってらしたんだから。本当にひどいよねえ」

「きみは一体、私にどうしろと言うのだ」

ジークが声を尖《とが》らせると、フレッドはリディエンヌの肩に回していた手をそっとはずした。

「そうですね……。とりあえず、責任をとって慰《なぐさ》めてあげたらどうです？」

「……わかったぞ。また私に貸しを作るつもりだな」

「それもありますが。まあ、ちょっとした意趣返《いしゅがえ》しですよ」

「意趣返し？」

訝《いぶか》しげなジークにハハハと笑ってみせると、フレッドはリディエンヌの背を軽く押し出した。

「——ただの負け犬の遠吠《とおぼ》えです」

それだけ言って、彼はそのまま扉を開けて部屋を出て行った。


やり合う二人の声がなくなり、室内は急に静かになった。

ジークは気を取り直して杯を置いた。フレッドにしてやられたと判明した以上、やけ酒を飲んでいる場合ではなかった。

「黙っていて悪かった。非を認めるから、泣きやんでくれ」

なるべく下手《したて》からお願いすると、リディエンヌは素直に泣きやんだ。泣いてしまったのを恥《は》じるように、頬《ほお》を染めて目を伏《ふ》せている。

「元気だったか？」

「……はい」

「そうか。それはよかった。出家しようとしていると聞いたから、心配していた」

リディエンヌは曖昧《あいまい》に微笑《ほほえ》んだ。その表情を見るに、やはりフレッドは王太子の求婚の使者としてとっくに役目を果たしていたらしい。彼女にジークの正体を知らせないまま求婚し、ジークにはリディからの返事だと言って手紙を渡《わた》して、事態を混乱させた。盛り上げようと思ったのにしても、性質《たち》の悪い茶番をやってくれたものだ。

「手紙を読んだよ。演劇の話に付き合ってくれてありがとうとあったが——、あなたがそんなふうに思っていたとは知らなかった。ずっと邪魔者《じゃまもの》扱いされているとばかり思っていたから」

昨夜届いた彼女からの決別の手紙を示すと、リディエンヌはゆっくり頭《かぶり》をふった。

「ジークさまは……殿下は、女王陛下のことを誉《ほ》めて下さいました。あの時からずっと、親愛の情をもっておりましたわ」

「そうだったのか？　そのわりに素っ気なかったが」

「素姓《すじよう》の知れない、あやしい殿方《とのがた》であることには変わりありませんでしたもの」

言われてみれば確かにそうだった。フレッドの友人と名乗っていたとはいえ、よくも毎日ああして会ってくれたものだ。

「あなたをシャルロット嬢だと勘違《かんちが》いしてね。縁談《えんだん》相手とはどんな人かと、興味を引かれて声をかけた」

「まあ……。そうだったのですね。リゼランドでもよく間違われますの」

おかしそうに口元をおさえるリディエンヌに、ジークも微笑した。

今まで、自分の意志で何かを決めたという記憶があまりない。もちろん決断を迫《せま》られる機会は数多くあったが、それは周りに提示されたことの中からの『選択』だった。今回のことも当然そうなるだろうと思っていたが——、自分にとっての常識を覆《くつがえ》した人が、今目の前にいる。

ジークは、その人の手をとった。

「私の妻になってくれ。——王家の秘密の共有者に」

こんな台詞《せりふ》を口にすることなど生涯《しょうがい》ないのではと思っていた。用意された花嫁《はなよめ》でなく、自分が選んだ人への言葉は、また違った意味で重く感じられる。

「……殿下は、わたくし個人のことがお好きだから求婚してくださったのですか?」

どこか躊躇《ためら》うように切り出した彼女に、ジークは苦笑《くしょう》した。まるでそれを望まないような言い方だ。

「もちろんだ。だが正直に言えば、あなたを娶《めと》ることで付随《ふずい》してくるものも魅力《みりょく》的だな。女王陛下と懇意《こんい》にしたいという思惑《おもわく》もある」

「わかりました。では、喜んで」

ようやく嬉《うれ》しげな笑みを見せた彼女と、求婚の返事にほっとして、ジークはリディエンヌの指に口づけた。その余韻に浸るふうでもなく、リディエンヌが笑顔で口を開く。

「確認《かくにん》したいのですが、殿下は他《ほか》に奥様がいらっしゃるのでしょうか?」

「いや、いないよ」

「……お一人も?」

「ああ」

「そう……ですか……」

目に見えてがっかりした彼女を見て、ジークの頭にまさかという思いがよぎる。

「こちらからも一つ確認だが。私のことを少しでも好きだと思っているか?」

「もちろんです。少しは好きですわ」

おっとりと微笑んでうなずいた彼女は、はっと何か思い出したように息を呑《の》むと、期待に満ちた瞳《ひとみ》で見上げてきた。

「それで、殿下。ハーレムはいつごろお作りになる予定なのですか?」

「……何?」

「興味がおありだと、以前おっしゃっていらしたでしょう?」

「あれか……。まあ、四六時中美女にちやほや……と、その程度の妄想《もうそう》だが」

するとリディエンヌは頬を染め、この日一番ともいえる嬉しげな表情になった。

「やはり殿下は向上心のある御方《おかた》です。素敵《すてき》ですわ。大好きになりました」

「……よりによって、それでか?」

なんだか求婚前と少しも変わっていない気がする。世の求婚直後の男女とはこういうものなのだろうか。納得《なっとく》がいかないのは、彼女に大きな影響《えいきょう》を与《あた》えた女性のせいかもしれない。

「あなたの中で、私の存在は女王陛下より上なのか――それとも下にいるのかな」

「それはこれからの殿下の頑張《がんば》りようを拝見して、変わってくるかと思いますわ」

「……そうか。女王陛下はすでにハーレムをお持ちだったな。後追いの私は明らかに不利だった」

「そんなことはございませんわ。わたくし、殿下のために立派な後宮を作ってみせます。お任せ下さいませ」

瞳をきらきらさせ、楽しそうに宣言する彼女を、理解ある女性だと素直《すなお》に喜ぶべきか。求婚の直後に「他にも妻を娶れ」と言い出すとは変わった人だとジークは感心したが、ふと彼女の理想の男性像なるものを思い出して考え込んだ。

（つまり……、それだけの器量の夫になれと、言外に言っているのか？）

ちらりと見ると、小首を傾《かし》げて微笑みを返してくる。男としてそういう見込みがあると思われているとすれば悪いことではないだろうと、ジークが半ば無理やり自分を納得させていると、リディエンヌが今度は恥ずかしそうに目を伏せて申し出てきた。

「では、宣誓《せんせい》をいたしましょう。永遠の愛を誓《ちか》うと言ってくださいませ」

「急に積極的になったな……」

「以前は通りすがりの知らない殿方でしたけれど、今のジークさまは夫としてお仕えする殿方ですもの。消極的では妻は務まりませんわ」

意外に切り替《か》えの早い彼女を前に、ジークはため息をついた。

「私にそんな恥ずかしい台詞を言えと？」

「えっ。言ってくださらないのですか？　いつもはもっといろんなことを言ってらしたのに」

遊びや悪ふざけでならいくらでも言えるが、本気で言うとなると気が進まない。難しい顔になるジークを見て、リディエンヌはしゅんとした様子で肩を落とした。

「女王陛下なら、迷わず言ってくださいますのに……」

「言おう」

恋敵《こいがたき》の名を出されてはさすがに黙《だま》っていられない。恋愛《れんあい》事に本気になるなど馬鹿《ばか》らしいと思っていた過去の自分を頭の隅《すみ》に追いやり、リディエンヌの手を握《にぎ》る。

「……リディに永遠の愛を約束する」

「わたくしも……、殿下にお約束します」

その誓約は、ままごとのように幼稚《ようち》でもあり、神聖な誓いのようでもあり、そして、手をつないでいる相手がますます愛《いと》しく思えてくる——不思議な儀式《ぎしき》だとジークは思った。

ついさっきまで泣いていた薄紫《うすむらさき》の瞳は、まだ涙《なみだ》にぬれている。あまりに美しいから、もっと間近で見つめたい。そう思いながらも、今はそれを閉じさせたくて顔を近づける。

意図が伝わったのかリディエンヌが瞼《まぶた》を閉じる。ジークは彼女の顎《あご》先をそっと指で押し上げた。

——ガチャリ、と扉《とびら》の開く音がした。

浮《う》かない顔つきで入ってきたリヒャルトが、こちらに気づいて目を瞠《みは》る。

「うわ！　——すみません！」

慌《あわ》ただしく扉を閉めて出ていくのを見送り、ジークは興ざめした顔でつぶやいた。

「……間の悪い男だ」

——その夜、夜会で王太子が選んだダンスの相手を見て、会場はざわめいた。

手を取ったのは、暗黙《あんもく》の了解《りょうかい》だったはずの見合い相手ではなく、その友人の令嬢だったのだ。

「私と踊《おど》っていただけますか。リディエンヌ嬢」

「はい。喜んで。アルフレート殿下」

微笑《ほほえ》み合って手を取り合い、二人は中央へ出て行く。意外そうな目、好奇《こうき》の眼差《まなざ》し、ひそひそとさざめく声が二人の背中に送られる。

「……このような感じで、注目を浴び続ける立場になるのだが、本当に来てくれるか?」

素知らぬ顔でダンスを始めるジークに、リディエンヌは微笑んで答えた。

「注目を浴びることには慣れております」

「頼《たの》もしいな」

「ですが、シャロンのお父様のほうを納得させるのは、大変そうですね」

心配そうなリディエンヌの声に、ジークはちらりと視線を走らせた。シャルロットの父グレンデル公爵《こうしゃく》をはじめ、この夜会によからぬ思惑と期待を抱《いだ》いていた一部の貴族たちは、思いがけない展開に顔を真っ赤にしている。ある意味予定通りだが揉《も》め事が起こるのは必至だろう。

「私の優秀《ゆうしゅう》な従弟《いとこ》が何とかしてくれるさ。心配しなくていい」

やがて音楽が終わり、他の者たちが遠巻きにちらちらと視線を送る中、件《くだん》の優秀な従弟たちが人を縫《ぬ》ってやってきた。グレンデル公爵やその一派の貴族たちの様子に彼も気づいているようで、フレッドはどことなく楽しげな顔をしている。

「とんでもないことになりそうですね。あの方々に恨《うら》まれるのはぼくだという予感がひしひしとするなぁ。美少年の宿命とはいえ、また敵が増えてしまうなんて……」

大げさな調子で嘆《なげ》いたフレッドは、気を取り直したようにリディエンヌに笑《え》みを向けた。

「今日からはリディエンヌ様とお呼びしますよ。気軽にリディなんて呼んだら不敬罪に問われる身分になられるんですもんね」

リディエンヌは虚《きょ》を突《つ》かれたように目を見開き、やがて少し寂《さび》しそうに微笑んだ。

「そうですね……。そういう仕組みだということを失念していましたわ」

「これからは、友人としてでなく臣下としてお傍《そば》にいますから。ご安心ください」

かしこまって胸に手をあて、一礼したフレッドは、笑顔で背後に目をやった。

「彼のことはご存じですよね。白百合騎士団《しらゆりきしだん》でぼくの副官を務めてくれています。アルテマリス王宮では接することも多くなると思いますので、ご挨拶《あいさつ》に」

紹介《しょうかい》されたリヒャルトが微笑んで会釈《えしゃく》する。

「リヒャルト・ラドフォードと申します。以後お見知りおき下さい」

「はい。よろしくお願いします」

少なくともアルテマリス王宮に三人は味方がいるのだと、リディエンヌが安心して微笑み返した時だった。

「――喜ぶのはまだ早いですわよ！」

ぴしりとした一喝《いっかつ》がその場に響《ひび》き渡《わた》った。

見ると、リゼランドの宮廷劇団の面々がいつの間にか大集合しており、広間のほぼ中央にいた四人を遠巻きにぐるりと取り囲んでいる。他《ほか》の招待客たちはそのさらに後方で、一体何事かとこちらを眺《なが》めていた。

心なしか殺気立っている彼女たちの先頭に立つのは、今夜のもう一人の主役になるはずだったシャルロットだ。豪奢《ごうしゃ》な羽根つきの扇子《せんす》を開いて口元に寄せた姿は、美しくも迫力《はくりょく》がある。

「一件落着と思ったら大間違《おおまちが》いでしてよ。肝心《かんじん》の問題が片付いておりませんわ」

「……問題？」

王太子に袖《そで》にされた立場にもかかわらず、それに対する悔《くや》しさなどは微塵《みじん》も匂《にお》わせずに、彼女は堂々とジークを見据《みす》えた。さすが父親の悪巧《わるだく》みを密告してきただけあって、態度の端々《はしばし》から肝《きも》の据《す》わった女性だというのが見受けられる。

「王太子殿下。リゼランドの宮廷劇団には掟《おきて》がございますの。団員が寿退団する場合、その者の相手となる男性は、他の団員たちに認められなければなりません。大事な女優を奪《うば》っていくのですから、まあ、当然のことですわね。リディが欲しいとおっしゃるのなら、あたくしたちを納得《なっとく》させるだけの男気を見せてくださいませ！」

バッと畳《たた》んだ扇子を突きつけられ、フレッドが今さら思い出したようにつぶやいた。

「あー……。そういえば、そんな掟もあったっけ」

「それができなければ、このお話はなかったことにしていただきます。か弱い乙女《おとめ》の集団にも勝てないような軟弱《なんじゃく》な殿方《とのがた》に、あたくしたちのリディを渡すわけにはまいりませんから」

高飛車なシャルロットの宣言に、ジークはおもむろに口を開いた。

「簡単な遊戯《ゆうぎ》ですわ。リゼランド宮廷に伝わる『宝石と泥棒《どろぼう》』というものです。平たく申し上げれば、宝探し兼鬼《おに》ごっこですわね。『宝石』であるリディをあたくしたちが隠《かく》しますから、『泥棒』である殿下はそれを明朝までに捜《さが》しだしていただければ勝ちというわけです」

気のせいか遊戯の役柄《やくがら》に悪意ならぬ敵意がにじみ出ている気がしたが、ジークは咎《とが》めず軽く息をついてうなずいた。彼女には借りがあるのを、忘れてはいない。

「いいだろう。そういう掟なら仕方あるまい。リディをかけて勝負といこう」

「ただし！　こちらは総力をあげて殿下の勝利を阻止《そし》しますので、あしからず」

「総力？」

眉《まゆ》をひそめて問い返すと、周囲にひそひそ……とさざなみのような囁《ささや》きが広がった。

「許せないわ……。わたくしたちのリディおねえさまを……」

「誰《だれ》が渡すものですか……。全力をもって呪《のろ》ってさしあげるわ……」

「王太子だろうと何だろうと、男は等しくわたくしたちの敵ですものね……」

「たたきつぶしてやるわ……」

「一生に及《およ》ぶ後悔《こうかい》をさせてあげましょうよ……」

爛々《らんらん》と目を光らせた令嬢たちに取り囲まれ、ジークはリヒャルトとフレッドと目を見交《みか》わす。

これはひょっとして、とんでもない集団を敵に回したのではという思いをかみしめながら。

三人の傍からリディエンヌをさっと引き離《はな》し、シャルロットが揚々《ようよう》と宣言する。

「私に何をしろと？」

「負けませんわよ、王太子殿下。――『宝石』はあたくしたちのものですわ！」

振《ふ》り上げた扇子の合図とともに、シャルロットがリディエンヌの手を引いて広間の外へと駆《か》け出す。同時に鬼役の少女たちが三人の動きを阻止するべく一斉《いっせい》に向かってきた。度肝《どぎも》を抜《ぬ》かれた紅薔薇騎士団がさらにそれを阻止しに割って入り、招待客らは悲鳴をあげ――。

リゼランド宮廷の乙女たちが企画《きかく》した余興は、夜会を大混乱に巻き込みながら、にぎやかに朝まで続けられることとなったのだった。


「……といったようなことがあり、大恋愛《だいれんあい》の末に結ばれたというわけです。いかがでしたか、ミレーユさま」

思い出話を披《ひ》露《ろう》してにこにこしているリディエンヌに、ミレーユははっと我に返って答えた。

「あっ、はい。えと……、リディエンヌさまは女王陛下のことが大好きなんだなってことが、ひしひしと伝わってきました」

「こらこら。重要なところはそこじゃないだろう」

「いいえ、合っていらっしゃいますわ」

リディエンヌのおっとりした声に、ジークは表情はそのままに黙《だま》り込む。いまだに彼は女王に勝てないのだろうかとひそかに思いながら、ミレーユは身を乗り出した。

「それで、結局勝ったわけですよね？　その勝負」

「ええ。明け方近く、殿下がわたくしを見つけてくださって……。囮役《おとり》をお引き受けになったリヒャルトさまは、夕刻になってようやく、半死半生で戻《もど》っていらっしゃいましたが……」

「えっ⁉　半死……」

「あれでまた女嫌《ぎら》いに拍車《はくしゃ》がかかったようだな。彼女たちの総力が一手に彼に向かったから」

「ええっ！　リヒャルト可哀相《かわいそう》……！　ていうかフレッドは？」

「フレデリックさまは、鬼ごっこを心の底から楽しんでいらっしゃったようです。いい汗《あせ》をかいたと、まぶしい笑顔で感想をおっしゃっていましたわ」

「あ……。ですよね……」

それが良いか悪いかは別として、どんなことでも全力で楽しんでしまうのが兄なのだ。

一人で納得するミレーユをよそに、ジークがふとリディエンヌの手をとる。

「あの時、私があなたを見つけられなかったら、あのまま国へ帰っていたか？」

「いいえ。必ず見つけてくださると信じていましたわ。でも少しだけ、自分から殿下をお捜しに行こうかと思ってしまいましたけれど」

「待ちくたびれて、早く私に会いたくなったというわけか。いけないな。健気《けなげ》でいて、あなたはとてもせっかちだ」

「もう……。いやですわ、殿下ったら」

指に口付けられて、リディエンヌが恥《は》ずかしそうに頬《ほお》を赤らめる。急にいちゃいちゃし始めた二人にミレーユはたじろいだ。そういうのは二人きりの時にのみ、思う存分やってほしい。

「あの……、あたし、帰っていいですか……？　お邪魔《じゃま》ですよね……」

目をそらしつつ、そろそろと腰《こし》をあげると、リディエンヌが慌《あわ》てたようにこちらを見た。

「あっ、お待ちください。でしたら殿下にそろそろお帰りいただきますから、ミレーユさまはまだここにいらしてくださいませ」

「リディ……」

瞬時《しゅんじ》の掌返しに遭《あ》ったジークは、彼女の手を握《にぎ》ったままつぶやく。まさかこの状況《じょうきょう》で自分に帰れと言ってくるとは思わなかったようだ。

やはりこの二人は謎《なぞ》だとミレーユはひそかに思った。一見すると王太子であるジークにリディエンヌが付き従っているように見えて、実はまったくの逆なのだろうか。

「……あの。リディエンヌさまは、本当の本当に、ジークのことがお好きなんですか？」

こそこそと耳打ちすると、彼女は微笑《ほほえ》み、そっと声を落として応じてきた。

「はい。好きです」

「ほ……ほんとに？　どのへんが好きなんですか？」

信じられなくてしつこく訊《たず》ねると、彼女は楽しげに視線を移した。つられて見ると、ジークが仏頂面《ぶっちょうづら》で頬杖《ほおづえ》をついている。帰れと言われたショックが抜けていないらしい。

リディエンヌは目を細めてそれを見ると、こっそりとミレーユに打ち明けた。

「お可愛《かわい》らしいでしょう？　ああいうところが大好きなのです」

「え……⁉」

とても理解できない答えにミレーユは耳を疑った。人の好みにケチをつけるつもりはないが、本当にそれでいいのだろうかと心配して見ると、彼女がとても優《やさ》しい眼差《まなざ》しでジークを見つめているのに気がついた。

(ひょっとしてリディエンヌさまって、ジークのへこんだところを見たいから、わざと辛辣《しんらつ》なことを言ってらっしゃるのかしら。ジークのことをお好きなのは本当みたいだけど……)

最初に会った時は、お淑《しと》やかな深窓の姫君《ひめぎみ》だとばかり思っていた。だが彼女のようにある意味肝《きも》が据《す》わっているようでなければ、お妃《きさき》なんて務まらないのかもしれない。

観察しながら考えていると、立ち直ったらしいジークがまたリディエンヌにちょっかいをかけ始めた。リディエンヌは微笑んでそれに応じている。

(謎だわ……。だけど、まあ、なんだかんだでお似合いなのかもね。このお二人って)

たぶんどちらも曲者《くせもの》だから、この組み合わせでちょうどいいのだろう。再びいちゃつき始めた二人をよそに、ミレーユはそう結論づけると、一人でお菓子《かし》を楽しむことにしたのだった。

あとがき

こんにちは。清家未森です。

おかげさまで短編集を出していただけました。雑誌「ザ・ビーンズ」に掲載《けいさい》された三本と、書き下ろしが一本収録されています。そして、祝・フレッド初表紙です！

では、せっかくなので、各話の裏話というか思い出話みたいなものを少々――。

まずは「運命の鏡」。本編でいうと「結婚」の直後のお話です。

デビューして初めて書いた短編ですが……思い出すと今でもギャーと叫《さけ》びたくなるくらい難産で、当時の担当さんに一行一行添削《てんさく》してもらって、何十回と改稿《かいこう》を重ねてようやく誌面に載《の》せてもらえた代物《しろもの》です。特に冒頭《ぼうとう》の乙女《おとめ》日記や、主役カップルのラブコメに苦戦した思い出がありあます。短編集収録にあたって久しぶりに見直して、やっぱりギャーと言いたくなったため、乙女日記だけは修正させていただきました。

「伝説の勇者」。フレッドが主役のお話で、時系列は「結婚」と「挑戦」の間になります。馬鹿《ばか》っぽく装《よそお》っているように見えて実は本当の馬鹿――と見せかけてやっぱりそれって演技？　みたいな曲者《くせもの》キャラなフレッドさんですが、勇者を目指しているのは本当です。本編ではどうしても出番が少なくなるので、短編は全部フレッドを主役にしてはどうかとの話も以前はありました。フレッド視点の話は……面白《おもしろ》そうだけど収拾《しゅうしゅう》がつかなくなりそうで危険な予感がしますが、機会があれば書いてみたいなと思っています。

「秘密のデート」。時系列でいうと「決闘」の後半くらいです。

本編がシアラン編に入った頃《ころ》に書いた話で、その反動からか思い切りドタバタな話になりました。他のキャラはどれも書きやすいようで書きづらかったりするのですが、ヴィルフリートだけは常に書きやすいです。たぶん一番すらすら書けたお話じゃないかなと思います。

「薔薇園の迷い子」。これは書き下ろしで、「冒険」の約一年前のお話になります。

実は、シャルロットはこのお話で初登場するはずでした。初期設定ではもう少し普《ふ》通《つう》っぽい感じの子だったんですが、先に「決闘」で登場してもらったところ、本編マジックのせいであんな感じの怖《こわ》いお嬢様《じょうさま》になってしまいました。

こうして振《ふ》り返ってみると、なんだかんだでフレッドは全編登場の皆勤賞《かいきん》だったんですね。そういう意味では、当初の予定通り彼がこの短編集の主役なのかもしれません。

では、思い出話はこれくらいにして、ここでお知らせです。

ドラマCD「身代わり伯爵の結婚」が四月二十二日に発売されました！　前回にも増してテンションがすごいことになってます。パパとフレッドは混ぜるな危険だとあらためて確信できるボーナストラックは必聴《ひっちょう》です。作者書き下ろしになってますので、機会があればぜひ聴《き》いてみてくださいね。

それと、なんとキャラクターソング集まで出ます！「身代わり伯爵の危険な饗宴」は夏に発売予定です。まさか、と皆《みな》さんお思いでしょうが、私も最初は耳を疑いました。双子《ふたご》とリヒャルト、ジークが歌ってくれます。どんな危険な宴《うたげ》が繰《く》り広げられるのか、私も楽しみです。お待たせしております本編ですが、七月に刊行の予定です。そして、その本編最新刊と今回の短編集とで連動企画《きかく》があるそうです。抽選《ちゅうせん》でのプレゼントになりますが、キャラクターからメッセージハガキが届くとのことなので、興味がある方はぜひ応募《おうぼ》してくださいね。

最後になりましたが、ねぎしきょうこ様。雑誌掲載時の麗《うるわ》しい扉絵《とびらえ》の数々に加え、たくさんのキャラを新たに見られて眼福ものです。お忙《いそが》しい中、今回もありがとうございました。

担当様。毎回なんとか短編を書けたのは、そのたびにネタを提供してくださったおかげです。すみません、今年はネタ出しもタイトルも自分でガンガン考えて行きますので……！

読者の皆様。初めての短編集をお手にとっていただき、ありがとうございます。シリアス寄り（？）な本編と比べてお気楽なお話ばかり詰《つ》めこんでみましたが、いかがだったでしょうか。箸休《はしやす》め的に楽しんでいただければ幸いです。

それではまた、次回もお目にかかれますように。

清家未森

〈初出〉

身代わり伯爵と運命の鏡　The Sneaker２００7年9月号増刊「The Beans VOL.9」

身代わり伯爵と伝説の勇者　The Sneaker２００8年3月号増刊「The Beans VOL.10」

身代わり伯爵と秘密のデート　The Sneaker２００8年9月号増刊「The Beans VOL.11」

身代わり伯爵と薔薇国の迷い子　書き下ろし

「身代わり伯爵と伝説の勇者」の感想をお寄せください。
おたよりのあて先
〒102-8078　東京都千代田区富士見2-13-3
角川書店ビーンズ文庫編集部気付
「清家未森」先生・「ねぎしきょうこ」先生
また、編集部へのご意見ご希望は、同じ住所で「ビーンズ文庫編集部」
までお寄せください。

身代《みが》わり伯爵《はくしゃく》と伝説《でんせつ》の勇者《ゆうしゃ》

清家《せいけ》未森《みもり》

角川ビーンズ文庫　BB64-8　15689

平成21年5月1日　初版発行
平成22年9月15日　4版発行

発行者――井上伸一郎
発行所――株式会社角川書店
東京都千代田区富士見2-13-3
電話/編集(03)3238-8506
〒102-8078
発売元――株式会社角川グループパブリッシング
東京都千代田区富士見2-13-3
電話/営業(03)3238-8521
〒102-8177
http://www.kadokawa.co.jp
印刷所――暁印刷　製本所――BBC
装幀者――micro fish

ISBN978-4-04-452408-1 C0193 定価はカバーに明記してあります。